저니맨 김태식 5

설경구 장편 소설

초판 1쇄 찍은 날 § 2017년 11월 10일
초판 1쇄 펴낸 날 § 2014년 11월 17일

지은이 § 설경구
펴낸이 § 서경석

총괄팀장 § 최하나
편집책임 § 이선근
편집 § 김슬기

펴낸곳 § 도서출판 청어람
등록번호 § 제387-1999-000006호
등록일자 § 1999. 5. 31
어람번호 § 제1-2795호

주소 § 경기도 부천시 부일로 483번길 40 서경B/D 3F (우) 14640
전화 § 032-656-4452 팩스 § 032-656-4453
http://www.chungeoram.com
E-mail § chungeorambook@daum.net

ISBN 979-11-316-91538-3 04810
ISBN 979-11-316-91421-8 (세트)

설경구 장편소설

FUSION
FANTASTIC
STORY

5

저니맨 김태식

청어람
도서출판

저니맨
김태식

Contents

1. 대화의 타이밍

김대희가 리모컨의 전원 버튼을 눌러 TV를 켰다. 그리고 침대에 누운 채 개그 프로그램 재방송이 나오고 있는 TV를 바라보았다.

까르르르.

개그맨들이 대사를 날릴 때마다 방청석에서 방청객들이 터뜨리는 웃음소리가 요란하게 터져 나왔다. 그렇지만 김대희는 웃음을 터뜨리지 않았다.

대신 정색한 표정으로 불평을 터뜨렸다.

"이게 대체 뭐가 웃긴 거지?"

개그 프로그램에서 간간이 등장하고 있는 웃음 포인트를 전혀 따라잡을 수가 없었다. 그래서 고개를 갸웃하던 김대희의 입가로 쓴웃음이 피어올랐다.

"내가… 문제였어!"

개그 프로그램에 등장해서 꽁트 연기를 하고 있는 개그맨들의 문제가 아니었다. 문제는 자신에게 있었다.

김대희가 웃음 포인트를 계속 놓치고 있는 이유!

워낙 오래간만에 개그 프로그램을 보기 때문이었다.

"그러고 보니 벌써 반년도 넘었군."

예전에는 스트레스를 풀기 위해서 휴식을 취할 때, 개그 프로그램을 즐겨 봤다. 그러나 언제부턴가 개그 프로그램과는 거리가 멀어졌다.

'언제부터였지?'

대체 언제부터 개그 프로그램을 보지 않기 시작했는가를 떠올리기 위해서 되짚어보니, FA 계약을 체결한 직후부터였다.

원래 소속 팀인 심원 패롯츠와 거액의 FA 계약을 맺고 난 후, 부담감이 컸다. 또 팬들에게서 먹튀라는 비난을 듣지 않기 위해서 지금까지 해왔던 것보다 훨씬 더 잘해야 한다는 강박관념에 사로잡혔다. 거기에 고질적이었던 손목 부상의 후유증까지 겹치며 김대희는 긴 슬럼프에 빠졌다.

그러니 느긋하게 개그 프로그램을 보면서 휴식을 취할 여유가 없었다.

항상 뭔가에 쫓기는 심정으로 재활과 훈련에 매달렸고, 조급함과 부담감으로 인해 쌓였던 스트레스는 술로 풀었다.

그러나 보니 몸과 마음, 모두 피폐해졌다.

악순환의 반복!

이렇게 다시 느긋하게 휴식을 취하며 개그 프로그램을 보고 있자니, 비로소 안정감을 되찾은 느낌이었다.

비록 웃음 포인트는 잃어버렸지만, 김대희는 크게 개의치 않았다.

잃어버린 웃음 포인트를 되찾는 것은 시간이 차차 해결해 줄 터였기 때문이다.

"태식 선배 덕분이야."

길고 길었던 슬럼프에서 벗어나 이렇게 안정을 되찾을 수 있었던 데는 김태식이 건넸던 충고가 큰 역할을 했다는 것을 부인할 수 없었다. 그래서 새삼 김태식에게 고마운 마음을 품었을 때였다.

똑똑.

노크 소리가 들려왔다.

"누구지?"

침대에서 일어나 숙소 문을 열었던 김대희가 문 앞에 서 있는 김태식을 발견하고 두 눈을 크게 떴다.

"선배가 여긴 어떻게……?"

"왜? 내가 못 올 데 왔어?"

"그건 아니지만……."

슬그머니 말끝을 흐린 김대희가 희미한 웃음을 머금었다.

"선배도 양반은 못 되시네요."

"그게 무슨 소리야?"

"방금 전까지 선배 생각을 하고 있었거든요."

"내 생각?"

뜻밖이란 표정을 짓던 김태식이 두 눈을 가늘게 좁히며 추궁하듯 물었다.

"혹시 내 욕이라도 했던 거 아냐?"

"아닙니다."

"진짜 아냐?"

"진짜 아닙니다."

"그럼 됐다."

"그런데 갑자기 무슨 일로 찾아오신 겁니까?"

갑자기 자신을 찾아온 용건을 뒤늦게 묻자, 김태식이 서운한 표정을 지은 채로 대답했다.

"대희야."

"말씀하시죠."

"그냥 입 싹 닦을 거야?"

"네?"

"혹시 이거 봤어?"

김태식이 미리 준비해 온 태블릿 PC를 불쑥 내밀었다.

영문도 모른 채 그 태블릿 PC를 받아 들고 살피던 김대희의 눈에 화면에 떠올라 있는 기사가 들어왔다.

<폼은 일시적이지만 클래스는 영원하다' 는 명언이 틀리지 않았다는 것을 증명하고 있는 김대희의 맹활약>

조금 긴 편인 기사의 제목을 확인한 김대희가 고개를 끄덕였다.

"저도 읽어봤습니다."

"그런데?"

"……?"

"그런데도 입 싹 닦을 생각이냐고?"

김태식이 추궁을 멈추지 않고 계속 이어나갔다.

"길고 긴 슬럼프에서 벗어나는 데 있어서 내 충고가 결정적인 역할을 했다는 거, 너도 인정하지?"

"물론 인정합니다."

"그런데?"

"네? 그런데라니요?

"나한테 고마울 것 아냐? 그럼 밥이라도 한번 사야 할 것 아냐?"

그제야 김태식이 자신을 찾아온 용건을 알아챈 김대희가 환하게 웃으며 되받아쳤다.

"선배님!"

"그래. 말해."

"저, 후배입니다."

"응?"

"원래 밥은 선배가 후배에게 사주는 것 아닙니까?"

"아냐."

"네?"

"연봉 많이 받는 사람이 사는 거야."

김태식의 대꾸를 들은 김대희가 결국 웃음을 터뜨렸다.

"하핫, 알겠습니다. 제가 밥 한번 사겠습니다. 언제 살까요?"

"지금."

"지금이요?"

"그래. 안 돼?"

"아닙니다. 나가시죠."

마침 출출하던 참이었다. 또, 김태식에게 너무 늦기 전에 감사 인사를 하기로 결심하기도 했었고.

시기를 자꾸 뒤로 늦추며 미루는 것보다는 빨리 감사 인사를 하는 편이 낫다는 생각이 들어서 김대희가 흔쾌히 밥을 사겠다고 선언했을 때였다.

"옵션도 있다."

"옵션이요?"

"월드 스타도 같이 갈 거야."

"아, 네."

"미리 말해두는데 덕수 많이 먹는다. 지갑 두둑하게 채워서 나와."

"알겠습니다."

김대희가 힘차게 고개를 끄덕인 후, 외출 준비를 서둘렀다.

*　　　*　　　*

메뉴는 소고기로 결정했다.

화르륵!

불판 위에 올려져 있는 마블링이 하얀 꽃처럼 피어 있는 특등급 한우는 식욕을 자극하기에 충분했다.

그래서일까?

종업원이 정성 들여 굽고 있는 특등급 한우는 핏기가 사라지기 무섭게 불판 위에서 사라졌다.

'진짜 잘 먹네!'

용덕수는 음식점 안으로 들어온 후, 일절 말을 꺼내지 않았다.

아무 말도 없이 젓가락으로 소고기를 집어서 입으로 가져가기를 쉬지 않고 반복하는 용덕수의 집중력은 대단했다. 감탄한 표정으로 그 모습을 지켜보며 김대희가 속으로 혀를 내두르고 있을 때였다.

"난 미리 말했다."

"네?"

"덕수가 많이 먹는다 미리 말했다고. 그러니까 밥값 많이 나왔다고 나중에 날 원망하지는 마라."

"하핫. 밥값은 신경 쓰지 않으셔도 됩니다. 그러니까 선배님도 많이 드세요."

"그래. 그 말 한 거 후회하지 마."

"그럼요."

고깃값이 비싸기로 유명한 고급 음식점인 만큼, 오늘 식대가 많이 나올 것은 분명했다. 그렇지만 아깝다는 생각은 전혀 들지 않았다.

오히려 김태식에게 진 빚을 갚기에 이 정도로는 턱없이 모자란다는 생각을 김대희가 하고 있을 때였다.

"술도 한잔할까?"

"술이요?"

김태식의 제안을 들은 김대희가 선뜻 대답하지 못하고 망설였다.

얼마 전에 술자리에서 겪었던 불쾌한 경험이 떠올랐기 때문이다. 그래서 막 거절하려고 했을 때였다.

"한잔 정도는 괜찮아."

"그렇지만……."

"얼마 전과는 상황이 달라졌거든."

마치 당시에 김대희가 겪었던 수모에 대해 이미 다 알고 있다는 듯이 김태식이 씨익 웃으며 덧붙였다.

"요즘은 야구를 잘하잖아."

그 말을 들은 김대희가 고개를 끄덕였다.

당시에 술자리에서 일면식도 없던 팬에게 훈계 아닌 훈계를 들었던 가장 큰 이유!

결국 야구를 못했기 때문이다.

그렇지만 지금은 김태식의 말처럼 상황이 달라졌다.

심원 패롯스는 연승 가도를 달리고 있었고, 그 과정에서 김대희가 펼친 활약도 준수한 편이었다.

"술은 다음에 드시죠. 아직은 너무 이른 것 같습니다."

그러나 김대희는 결국 김태식의 제안을 거절했다.

많은 사람들이 지켜보는 음식점에서 편하게 술을 마시기에는 아직 시기가 너무 이르다는 생각이 들었기 때문이다.

혹시 아쉬워하지 않을까 우려했는데.

다행히 김태식의 표정에 아쉬운 기색은 전혀 떠올라 있지 않았다.

오히려 자신에게서 이런 대답이 돌아오길 기다렸던 사람처럼 흐뭇한 표정을 짓고 있었다.

"그런데 표정이 왜 그래? 좀 어두운 것 같은데."

자신의 표정이 밝지 않음을 뒤늦게 알아챈 김태식의 질문을 받은 김대희가 대답했다.

"선배님은 속일 수가 없네요."

"역시… 밥값 걱정 때문인가?"

고깃집에 들어온 후 '잘 먹겠습니다'라는 말을 끝으로 고기를 먹는 데만 집중하고 있는 용덕수를 힐끗 살피며 김태식이 물었다.

"아닙니다."

"그럼 대체 무슨 일 때문이야?"

"그게……."

"편하게 말해봐."

"실은 마음이 편치 않아서요."

"마음이 편치 않다? 이유가 뭔데?"

김대희가 식탁 위에서 오가고 있는 대화에는 일절 신경 쓰지 않고 소고기를 먹는 데만 집중하는 용덕수를 힐끗 살핀 후 대답했다.

"만호가 자꾸 신경이 쓰이네요."

자신과 마찬가지로 강만호도 심원 패롯스의 프랜차이즈 스타 중 한 명.

오랫동안 함께 한솥밥을 먹었던 만큼, 강만호와는 자연스레 친분이 쌓였다. 그런 강만호가 최근 힘겨운 시간을 보내고 있었다.

용덕수와의 주전 경쟁에서 완전히 밀린 것은 물론이고, 이철승 감독과 팬들의 마음에서도 점점 멀어지고 있는 상황이었다.

'많이 힘들 거야!'

불과 얼마 전까지 자신도 강만호와 비슷한 상황에 처해 있었다. 그래서 지금 강만호가 얼마나 힘들어하고 있을지 충분히 짐작할 수 있었다.

그런 강만호가 신경이 쓰이고 걱정되지 않는다면 거짓말이리라.

이것이 김대희의 표정이 어두운 이유였다.

"대희야."

"네, 선배님."

"나도 마찬가지다."

"……?"

"만호가 자꾸 신경이 쓰인다. 솔직히 말하면 오늘 이 자리를 만든 이유, 만호 때문이기도 해."

"네?"

"만호 문제를 해결하기 위해서라도 네게 부탁할 게 있다."

"제게 부탁이 있으시다고요?"

"그래."

"어떤 부탁인데요?"

김태식이 대답했다.

"내가 하려는 부탁은 두 가지야."

'대체 어떤 부탁을 하려는 걸까?'

김대희가 긴장한 채 귀를 기울이고 있을 때, 김태식이 입을 뗐다.

"일전에 내가 했던 말, 혹시 기억해?"

"어떤 말씀이요?"

"우리 팀이 후반기에 반등하기 위해서는 나와 덕수의 활약만으로는 부족하다. 대희 너와 만호의 도움이 필요하다고 말했었잖아."

"네, 기억납니다."

예전에 김태식과 나누었던 대화 중 일부를 떠올린 김대희가 작게 고개를 끄덕일 때였다.

"그래서 하는 부탁인데… 네가 만호를 도와줘."

"제가 만호를요?"

"그래. 이미 직접 경험했으니까 슬럼프에서 벗어날 수 있는 방법에 대해서는 너도 잘 알잖아?"

아까도 말했지만 자신과 강만호는 불과 얼마 전까지 비슷한 처지였다. 그리고 김대희는 김태식이 건넸던 충고 덕분에 길었던 슬럼프에서 간신히 빠져나올 수 있었다.

'그렇지만 어떻게……?'

김태식은 방금 전에 이미 경험을 했으니 슬럼프를 극복하는 방법에 대해서 너도 알고 있지 않느냐고 말했다. 그렇지만 김대희의 생각은 조금 달랐다.

자신과 강만호의 처지가 비슷했던 것은 사실이었지만, 다른 점도 무척 많았다.

일단 자신과 강만호는 성격이나 성향이 판이할 정도로 달랐고, 팀에서 맡고 있는 수비 포지션도 달랐다.

이런 점들을 감안한다면 슬럼프 탈출을 위해서 접근하는 방식도 많이 달라야 할 것이라는 생각이 퍼뜩 들었다. 그리고 김대희는 여전히 그 접근 방법에 대해서 확신을 갖지 못한 상태였다.

"저기… 선배님께서 직접 나서주시면 안 되겠습니까?"

해서 김대희가 조심스럽게 부탁했다.

'나에 비해 경험이 훨씬 풍부한 김태식이라면?'

강만호가 슬럼프에서 빠져나올 방법을 이미 알고 있을 것이란 생각이 들었기 때문에 꺼낸 부탁이었다. 그렇지만 김태식은 고개를 흔들어 부탁을 거절했다.

"네가 직접 하는 편이 나아."

"하지만……."

"내가 나서면 분명히 역효과가 날 테니까."

'역효과? 왜 역효과가 난다는 걸까?'

김태식이 방금 꺼낸 말의 의미를 알아채지 못한 김대희가 의아한 시선을 던질 때였다.

"만호는 자존심이 무척 강하고 다혈질이야. 만약 내가 찾아가서 충고를 한다면, 제대로 귀를 기울이기나 할까?"

"아마… 아니겠죠."

방금 김태식이 꺼낸 말이 옳았다.

아까도 생각했듯이 자신과 강만호는 성격이나 성향이 많이 다른 편이었다.

자존심이 무척 강하고, 다혈질인 강만호라면 김태식이 건네는 충고에 귀를 기울일 가능성이 낮았다. 아니, 아예 충고를 들으려 하지도 않을 터였다.

"그래서 네게 부탁하는 거야."

"무슨 말씀이신지 알겠습니다. 제가 해보겠습니다."

"고맙다."

"그런 말씀 마십시오."

"응?"

"저도 심원 패롯스 소속 선수입니다. 또, 만호의 선배이기도 하고요."

"그래. 네 말이 맞네."

재빨리 실수를 인정하고 고개를 끄덕이던 김태식이 다시 입을 뗐다.

"하나만 명심해."

"말씀하시죠."

"충고나 대화에는 타이밍이 중요한 법이야."

"타이밍… 이요?"

"그래. 타이밍. 잘 이해가 안 간다면 네 경우를 되짚어봐."

기억을 더듬던 김대회가 이내 고개를 끄덕였다.

얼마 전에 김태식이 건넸던 충고를 큰 거부감이나 별다른 의심 없이 받아들일 수 있었던 이유!

자신이 처해 있었던 상황이 심각했기 때문이다.

당시의 자신은 길고 긴 슬럼프에서 벗어날 방법을 찾지 못해서 지푸라기라도 잡고 싶은 심정이었다.

'딱 적당한 타이밍이었어!'

즉, 충고를 받아들일 준비가 되어 있는 가장 적당한 시점에 김태식이 찾아와서 충고를 건넸던 셈이었다.

'우연이… 아니었다?'

희미한 웃음을 머금고 있는 김태식을 김대희가 놀란 표정을 지은 채 바라보았다.

2. 월드 스타의 굴욕

"선배."

"응?"

"빈말이 아니셨군요."

김대희가 고개를 절레절레 흔들었다.

당시 야심한 시각에 훈련장으로 먼저 찾아갔던 것은 자신이었다. 마침 그곳에서 마주쳤던 김에 김태식이 충고를 건넸던 것이라고 지금까지 여기고 있었는데.

그것이 아니었다.

김태식은 자신에게 충고를 건네기로 진즉에 결심하고 난

후, 치밀하게 계산을 한 끝에 가장 적당한 타이밍이라는 판단을 내린 후에 나선 것이었다.

"잘됐네. 그렇지 않아도 한번 찾아가려고 했었거든."

당시 연습장으로 찾아갔던 자신을 향해 김태식이 던졌던 말.

그냥 한번 해본 빈말이 아니었다. 그리고 저 말이 김태식이 치밀한 계산을 마치고 적당한 타이밍이라는 판단하에 충고를 했다는 증거였다.

"지금은 때가 아니라는 말씀이시군요."

"맞아."

"그럼 언제가 좋을까요?"

"내 판단이 틀리지 않다면 곧 적당한 시기가 찾아올 거야. 그때가 되면 내가 알려주도록 하지."

"알겠습니다."

고개를 끄덕여 수긍 의사를 표하던 김대희가 다시 입을 열었다.

"아까 제게 하실 부탁이 두 가지라고 하셨죠?"

"그래."

"다른 부탁은 뭡니까?"

"나머지 하나는… 개인적인 부탁이야."

아까와 달리 김태식은 쉽게 입을 열지 못하고 어려운 기색을 내비쳤다.

"편하게 말씀하시죠."

"저기… 사인볼을 좀 부탁해도 될까?"

"사인볼이요?"

이건 전혀 예상치 못했던 부탁이었다. 그래서 김대희가 의아한 시선을 던지고 있을 때, 김태식이 머리를 긁적이며 덧붙였다.

"내 사인이 적힌 사인볼보다는 네 사인이 적힌 사인볼을 더 좋아할 것 같아서. 나보단 네가 인지도가 훨씬 높고 팬 층도 두텁잖아."

"제 사인볼을 어디에 쓰시려는 건데요?"

"애들한테 줄 선물이야."

"애들이요?"

"그래. 어떤 애들이냐면……."

김태식이 설명을 시작했다.

그 설명을 모두 듣고서야 김대희는 자신에게 사인볼을 요청한 이유를 이해했다.

'이런 면도 있었나?'

그동안 미처 알지 못했던 김태식의 새로운 면모를 본 것 같아서 새삼스러운 시선을 던지던 김대희가 입을 뗐다.

"몇 개나 할까요? 아니, 그냥 제가 알아서 넉넉히 하겠습니다. 그리고 하는 김에 글러브나 배트도 같이 준비할까요?"

"좋지."

"그리고 선배님께서 좋은 취지로 하시는 일이니까, 다른 애들한테도 사인볼을 부탁하겠습니다.

"그럼 더 고맙지."

크게 어려운 일이 아니었다.

어쩌면 진즉에 했어야 했던 일이었는데.

그동안 무심했던 자신이 오히려 미안할 지경이었다. 그래서 김대희가 병마와 싸우는 아이들을 위해서 최선을 다해 준비하겠다는 각오를 다졌을 때였다.

"꺼억!"

지금까지 고기를 먹는 데만 집중하고 있던 용덕수가 크게 트림을 했다.

이제는 충분히 배를 채운 걸까?

불룩하게 나온 배를 가볍게 두드리며 만족스러운 기색을 내비치던 용덕수가 대화에 끼어들었다.

"형, 서운합니다."

"뭐가?"

"아니, 그런 좋은 일을 몰래 꾸미고 계시면서 왜 저한테는 일언반구도 하지 않으셨습니까? 언질만 주셨으면 저도 열심히 사인했을 텐데."

"그게……"

"뭡니까?"

"네 사인볼은 좋아하지 않을 것 같아서."

"네? 그게 무슨 뜻입니까?"

"넌 별로 유명하지 않잖아. 아마 애들이 모를걸?"

"푸핫!"

억울한 표정을 짓는 용덕수를 확인한 김대희가 참지 못하고 웃음을 터뜨렸다.

빈정이 상한 걸까?

두 눈을 부릅뜬 채 자신을 바라보고 있는 용덕수의 시선을 피하며 김대희가 변명하듯 입을 뗐다.

"미안. 그런데 선배님 말씀이 틀리진 않잖아."

"선배님까지 이러시깁니까?"

발끈하는 용덕수에게 김대희가 물었다.

"억울해?"

"당연히……"

"억울하면 출세해!"

말문이 막힌 채로 얼굴이 벌겋게 달아오른 용덕수를 살피던 김대희가 희미한 웃음을 머금은 채 생각했다.

'나는 그동안 좋은 팀원들을 알아보지 못했구나!'

*　　　　*　　　　*

소아암 병동 환아들의 생일 파티!

생일 파티가 열리는 장소는 병동 내에 위치한 휴게 공간이었다.

미리 준비한 각양각색의 캐릭터 풍선들이 둥둥 뜬 채 천장에 닿아 있었고, 생일 축하 메시지가 적힌 플래카드도 벽에 걸렸다.

이제 환아들의 생일 파티를 위한 준비가 대충 끝났다는 것을 확인한 김미정이 손목시계를 힐끗 살폈다.

어느덧 오후 7시 5분을 가리키고 있는 시침과 분침을 확인하고서 김미정이 초조한 기색을 감추지 못하며 주변을 살피고 있을 때였다.

"선생님, 왜 시작 안 해요?"

"일곱 시 지났어요."

"빨리 촛불 켜고 싶어요."

"얼른 케이크 먹을래요!"

"누나. 우리 언제까지 기다려요?"

아이들의 초롱초롱한 눈망울이 자신에게로 향해 있었다.

풍선과 책, 장난감으로 아이들의 이목을 돌리며 시간을 끄는 것에 한계가 찾아왔음을 깨달은 김미정의 표정이 더욱 초조하게 바뀌었을 때였다.

"김미정 선생."

"네, 수간호사님."

"애들이 계속 기다리는데, 시작 안 할 거예요?"

"그게……."

"왜? 누가 또 오기로 했어요?"

소아암 병동에서 생일을 맞은 환아들을 축하해 주기 위해서 참석한 수간호사가 곁으로 다가오며 물었다.

"그게 찾아와 주시기로 하신 분이 있긴 한데……."

김미정이 아까부터 기다리고 있는 것은 김태식 선수였다.

"그 행사에 저도 참석하겠습니다. 작은 선물도 준비해서요."

병원에서 힘겨운 투병 생활을 하는 와중에 생일을 맞은 환아들을 위해서 생일 파티를 준비하고 있다는 이야기를 전해 들었던 김태식이 즉석에서 했던 약속이었다.

그렇지만 생일 파티를 시작하기로 한 예정 시간을 이미 넘겼음에도 불구하고 김태식은 나타나지 않았다.

'잊었나 보네!'

만약 현역 프로야구 선수인 김태식이 직접 찾아와서 축하해 준다면, 아이들에게는 잊지 못할 추억이 됐을 터였다.

그래서 못내 아쉬운 마음이 들었다. 그러나 김미정은 이내 아쉽고 서운한 마음을 털어내기 위해 애썼다.

아직 한창 시즌이 진행되는 중이었다.

김태식 선수가 너무 바쁜 탓에 당시에 했던 약속을 깜박했거나, 지키지 못하는 것이라 판단한 김미정이 입을 뗐다.

"아무래도 참석하기 힘드신 것 같네요."

어서 빨리 생일 파티를 시작하고 싶어서 안달이 난 아이들 때문이라도 무작정 더 기다릴 수는 없었다.

"그럼 바로 시작하겠습니다."

그래서 김미정이 휴게실의 전등 스위치를 막 끄려고 했을 때였다.

"어, 저거 뭐야?"

"이상한 사람이다."

"괴물, 아냐?"

"야, 저건 포수 마스크야!"

갑자기 술렁임이 일었다.

아이들이 웅성거리는 소리를 듣고 김미정이 고개를 돌렸다. 그리고 그곳에 서 있는 것은 포수 장비를 착용한 남자였다.

특이한 복색으로 등장해서 아이들의 시선을 일제히 사로잡는 데 성공한 남자가 포수 마스크를 벗었다.

"사람이다."

"어, 괴물 아니었네?"

"근데 누구지?"

"혹시 개그맨인가?"

아이들에게서 돌아온 반응을 들은 사내의 표정이 순간 일그러졌다.

"저기… 누구세요?"

왜일까?

김미정이 사내의 곁으로 다가가 조심스럽게 정체를 물은 순간, 사내의 표정이 더욱 일그러졌다.

"저는 월드 스타 용……."

사내가 기어들어 가는 작은 목소리로 대답했다.

"네? 잘 안 들리는데요."

아이들이 웅성거리는 소리 때문에 제대로 듣지 못한 김미정이 다시 묻자, 사내가 좀 더 큰 목소리로 대답했다.

"월드 스타 용덕수라고 합니다."

'월드 스타라고?'

예상치 못했던 대답.

그래서 김미정이 의아한 시선을 던지고 있을 때였다.

"와아! 김대희다!"

"누구?"

"에이, 설마."

"헐, 대박!"

"야, 진짜 김대희야."

또 한 번 아이들이 웅성거리는 소리가 들려왔다.

조금 전에 용덕수가 등장했을 때와는 비교할 수 없을 정도로 커다란 술렁임이 일어나는 것을 알아챈 김미정이 그곳으로 고개를 돌렸다.

잠시 뒤, 김미정이 두 눈을 치켜떴다.

'진짜 김대희 선수가 나타났어!'

심원 패롯스 유니폼을 입고 나타난 김대희를 알아본 김미정이 놀란 표정을 감추지 못하고 있을 때였다.

"어이, 용 후배."

"네."

"봤느냐?"

"뭘요?"

"이게 너와 나의 차이다."

김대희가 희미한 웃음을 머금은 채 던진 말을 들은 용덕수의 표정이 참혹하리만치 일그러졌다. 그러나 김미정은 용덕수의 표정 변화에까지 신경을 쓸 여유가 없었다.

'이게 대체 무슨 상황이지?'

김대희 선수가 갑자기 나타난 지금의 상황이 제대로 이해가 되지 않았다. 그래서 당황한 표정을 짓고 있던 김미정의 눈에 역시 심원 패롯스의 유니폼을 입고 나타난 김태식 선수의 모습이 들어왔다.

"또 누구야?"

"야, 김태식이잖아!"

"김태식?"

"저니맨 김태식이다!"

김태식 선수가 나타나자 아이들이 또 한 번 술렁였다. 그 반응을 살피던 김태식이 용덕수에게 작게 말했다.

"다행이다."

"뭐가 다행입니까?"

"그래도 내가 너보다는 낫구나!"

왜일까?

가뜩이나 일그러져 있던 용덕수의 표정이 더욱 참혹하게 구겨진 순간, 김태식이 웃으며 말했다.

"늦어서 죄송합니다."

*　　　　*　　　　*

"지난번에 다들 저를 무시하셨죠? 제가 나름대로 유명 인사라는 것을 이번 기회에 확실히 증명해 보이겠습니다."

이번 행사에 참석해 달라고 태식이 굳이 부탁하지 않았음에도 불구하고, 용덕수는 자청해서 참석하겠다고 따라나섰다.

월드 스타의 진면모를 보여주겠다고 큰소리를 치면서 호기롭게 나섰는데.

안타깝게도 포수 장비까지 풀로 착용하고 나타났음에도 용덕수를 알아보는 아이들은 아무도 없었다.

용덕수를 전혀 알아보지 못하는 것은 물론이고, 심지어 개그맨이 아니냐는 얘기까지 흘러나왔다.

"야, 윤명수 아냐?"

"윤명수?"

"윤명수 몰라? 있잖아. 되게 웃기게 생긴 개그맨."

용덕수에게 치명타를 안긴 것은 아이들의 착각이었다.

아이들이 특이한 외모와 통통한 체형으로 최근 인기를 얻고 있는 개그맨인 윤명수로 착각한 순간, 용덕수는 당황한 기색을 감추지 못했다.

그렇지만 용덕수의 수난은 아직 끝이 아니었다.

심원 패롯츠의 유니폼을 입은 김대희가 뒤이어 등장한 순간, 아이들의 반응은 백팔십도 달랐다.

"헐, 대박. 진짜 김대희야!"

모든 아이가 김대희를 알아보고 환호성을 내질렀다.

어느덧 용덕수는 아이들에게 잊힌 존재가 되어버렸다.

"이것이 너와 나의 차이다!"

김대희가 만면에 웃음을 지은 채 꺼낸 말을 듣고서, 용덕수의 표정은 더욱 일그러졌다. 그리고 이번에는 태식도 웃지 못했다.

김대희와의 인지도 대결에서 비참하리만치 참패한 용덕수가 너무 안쓰럽게 느껴졌기 때문이다.

해서 태식이 더 지체하지 못하고 서둘러 들어섰다.

"덕수야. 우리 더 열심히 하자."

격려하듯 용덕수의 어깨를 두드려 준 태식이 아이들의 앞에 섰다.

"아저씨가 누군지 알아?"

"네. 김태식이요."

"저니맨이잖아요."

아이들에게서 돌아온 대답을 들은 태식이 고소를 머금었다.

엑스맨, 앤트맨, 배트맨 등등.

당연하다는 듯이 저니맨이라고 한 아이가 대답하는 것을 듣고 나자, 꼭 할리우드 영화에 자주 등장하는 슈퍼 히어로즈 중 한 명이 된 기분이 들었기 때문이다.

"이름이 뭐야?"

"지훈이요. 김지훈!"

"그래. 지훈아. 아저씨는 저니맨이야. 그런데 안타깝게도 하늘을 날거나, 초능력을 쓰지는 못한단다."

"저니맨 아저씨!"

"응?"

"그 정도는 나도 알아요."

3. 사랑이 어떻게 변하니?

"그래?"

여섯 살쯤 됐을까?

똘망하게 생긴 지훈이란 사내아이에게 한 방 얻어맞은 태식이 멋쩍게 웃으며 화제를 돌렸다.

"야구, 좋아해?"

"네!"

"엄청 좋아해요."

"잘됐네. 아저씨는 앞으로 야구를 오래 할 거야. 그러니까 얼른 나아서 아저씨와 함께 야구하자. 어때? 약속할 수 있지?"

"네!"

"약속해요."

두 눈을 초롱초롱 빛내며 대답하는 지훈이와 다른 아이들의 머리를 쓰다듬은 태식이 미리 준비해 온 선물을 펼쳤다.

"자, 이건 아저씨들이 준비한 생일 선물이다. 넉넉하게 준비해 왔으니까 각자 마음에 드는 걸로 가지면 돼!"

"와아!"

"와아아!"

태식의 말이 끝나기 무섭게 아이들이 한데 모여들었다. 그 모습을 태식이 흐뭇하게 바라보고 있을 때, 김미정이 곁으로 다가왔다.

"진짜 와주실 줄은 몰랐어요."

"제가 약속한 것은 지키는 주의라서요."

"정말 감사합니다. 무서운 병마와 싸우고 있는 아이들에게 아주 큰 선물이 될 것 같아요. 아마 평생 잊지 못할 추억이 될 겁니다."

태식이 웃으며 고개를 끄덕였다.

많은 돈이 드는 것도 아니었고, 엄청난 시간이 소모되는 것도 아니었다.

태식의 입장에서는 그리 어렵지 않은 작은 선의의 행동일 뿐이었지만, 그 선의를 받는 입장에서는 크게 다가올 수도 있

었다,

'한결이도 그랬겠지!'

예전 기억이 떠올라 희미한 웃음을 머금고 있던 태식이 김대회에게 다가갔다.

태식이 김대회에게 부탁했던 것은 사인볼이었다. 그런데 김대회는 팀원들의 사인볼까지 챙겨 왔을 뿐만 아니라, 생일 축하 행사에 참석해 달라는 부탁을 태식이 하지 않았음에도 스스로의 의지로 이곳을 찾았다.

"월드 스타 용덕수가 얼마나 유명한지 제 눈으로 직접 확인해 봐야겠습니다."

김대회가 본인의 입으로 밝힌 이곳을 찾아온 이유.

그렇지만 이건 명분을 만들기 위해서 억지로 찾아낸 이유일 뿐이었다.

김대회는 자신에게 신세를 졌다고 생각하고 있었고, 그래서 마음의 빚을 조금이라도 갚기 위해 일부러 시간을 내어 찾아온 것이었다.

"대회야."

"네, 선배님."

"고맙다."

"고맙긴요. 직접 찾아와 보니 저도 뭔가 기분이 뿌듯하네요. 다음에도 이런 행사가 있으면 불러주세요."

"그래, 알았다."

김대희의 어깨를 가볍게 두드린 태식이 김미정에게 고개를 돌렸다.

"이제 생일 축하 노래를 부를 시간 아닌가요?"

"네, 준비할게요."

김미정이 서둘러 케이크에 초를 꽂고 불을 붙였다.

"자, 그럼."

전등의 스위치를 끈 김미정이 고깔모자를 쓰고 있는 아이들을 위해서 막 축하 노래를 시작하려고 했을 때였다.

"*당신은 사랑받기 위해 태어난 사람. 당신의 삶 속에서……*"

청아하면서도 따스한 음색의 목소리가 흘러나왔다.

김미정이 노래를 부른 것이 아니었다. 그 맑고 따스한 노랫소리가 들려온 방향으로 서둘러 고개를 돌린 태식이 두 눈을 크게 떴다.

"*…당신은 사랑받기 위해 태어난 사람. 지금도 그 사랑받고 있지요.*"

감미롭던 노래가 끝난 순간, 숨소리까지 죽인 채 노래를 듣고 있던 아이들이 환호성을 내질렀다.

촛불을 꺼야 한다는 것조차도 잊을 정도로 아이들은 잔뜩 흥분한 상태였다. 그 이유는 예고 없이 등장한 지수 때문이었다.

"진짜 지수 누나다!"

"헐, 대박, 아니, 왕대박. 진짜 배지수야!"

"우와. 언니 노래 짱 잘해요."

"바보야. 노래를 잘하는 게 당연하지. 가수잖아!"

지수가 이곳으로 찾아올 것이라고는 전혀 예상치 못했던 태식 역시 놀란 표정으로 그녀를 바라보았다.

"지수야. 네가 여긴 어쩐 일이야?"

"왜요? 제가 못 올 데 왔어요?"

"그건 아니지만……."

"불안해서 찾아왔어요."

"불안해서 찾아왔다고?"

무슨 뜻일까?

영문을 알지 못한 태식이 의아한 시선을 던졌지만, 지수는 그 의문을 풀어주지 않았다.

"그런 게 있어요."

지수는 슬그머니 말을 얼버무렸다. 그러나 태식은 지수의 시선이 김미정에게 향해 있는 것을 놓치지 않았다.

덕분에 불안해서 찾아왔다는 지수의 말에 담긴 의미를 파악한 태식이 고소를 머금었을 때였다.

"저도 좋은 일에 동참하고 싶어서 찾아왔어요."

"안 바빠?"

"이 정도 시간쯤은 만들 수 있어요."

"고맙다. 지수야."

갑작스러운 지수의 등장.

TV에서나 보았던 지수와의 예기치 않은 만남은 무서운 병마와 싸우고 있는 아이들에게 큰 힘이 될 것이 틀림없었다.

해서 태식이 생긋 웃고 있는 지수에게 고마운 마음을 전했을 때였다.

"지수… 야? 지금 제가 제대로 들은 것 맞습니까?"

"헐, 방금 지수야라고 부르셨어요?"

태식이 지수의 이름을 편히 부르는 것을 놓치지 않은 김대희와 용덕수가 앞다투어 따지듯이 물었다.

"제대로 들은 것 맞아."

"혹시… 예전부터 아는 사이였습니까?"

"그래."

엄밀히 말하면 태식은 지수가 여섯 살 무렵부터 알고 지냈던 셈이었다. 그래서 순순히 수긍하자, 김대희가 이해했다는 표정을 지었다.

"그래서 지수 씨가 지난번에 시구를 하기 전에 선배에게 원 포인트 코칭을 부탁했던 거군요."

"맞아."

"전 그것도 모르고."

비로소 납득했다는 표정으로 김대희가 고개를 끄덕이고 있을 때, 용덕수가 두 눈을 가늘게 뜨고 추궁했다.

"이게 대체 무슨 일입니까?"

"그게… 그렇게 됐다."

"언제부터요?"

"얼마 전부터."

"저한테는 언질도 주지 않으시고 어떻게 이럴 수가 있습니까?"

성난 표정으로 용덕수가 따졌다.

태식이 어깨를 으쓱하며 대꾸했다.

"덕수야."

"네!"

"내가 너한테 허락까지 받아야 하는 건 아니잖아."

"그렇긴 하지만… 어쨌든 형!"

"또 왜?"

"존경합니다."

뜬금없이 존경한다는 말을 꺼내는 용덕수로 인해 태식이 고개를 절레절레 흔들 때였다.

"어, 민희 씨! 수현 씨도? 헐! 제가 제일 좋아하는 윤아 씨까지!"

용덕수의 표정이 급변하며 고성을 내질렀다.

용덕수가 고성을 내지른 이유.

지수가 리더로 있는 도레미 퍼블릭의 나머지 멤버들을 발견했기 때문이다.

"민희 누나다!"

"수현 언니!"

"윤아 언니. 사진 한 번만 찍어주세요."

지수는 물론이고, 도레미 퍼블릭의 나머지 멤버들도 함께 등장하자, 아이들의 반응은 한층 뜨거워졌다. 그러나 가장 흥분한 것은 역시 용덕수였다.

"이게 꿈입니까? 생시입니까?"

흥분을 주체하지 못하고 있는 용덕수를 바라보던 태식이 두 눈을 가늘게 좁힌 채 추궁했다.

"제가 제일 좋아하는 윤아 씨? 내가 제대로 들은 것 맞지?"

"네? 그게……."

"일전에 지수와 악수할 수 있다면 영혼까지 팔 수 있다고 하지 않았었나? 내 기억이 틀리지 않다면 분명히 그렇게 말했던 것 같은데."

"네, 그렇게 말했던 적이 있습니다."

"그런데?"

태식의 매서운 공세로 인해 궁지에 몰린 용덕수가 간신히 변명을 꺼냈다.

"사랑은 움직이는 겁니다."

오래전 CF에 삽입돼서 큰 인기를 누렸던 유행어였다.

"덕수야."

"네?"

"사랑이 어떻게 변하니?"

지지 않고 영화에 등장했던 대사를 인용한 태식의 역공에 결국 말문이 막힌 용덕수가 입맛을 쩝 다실 때였다.

"생일을 맞이한 우리 어린 친구들을 위해서 저희가 어떤 선물을 해줄 수 있을까 고민하다가 축하 공연을 준비했어요."

와아!

와아아!

"모두 힘을 내서 병마랑 용감하게 싸워 이기고 집으로 돌아간다고 우리와 약속하는 거예요. 약속할 수 있죠?"

"네!"

"네! 약속해요."

아이들이 앞다투어 소리를 질렀다. 그 반응을 확인하고 희미한 웃음을 머금던 지수가 다른 멤버들에게 눈짓했다.

"그럼 축하 공연을 시작할게요."

지수를 필두로 도레미 퍼블릭의 멤버들이 작은 무대 위로 올라갔다.

잔뜩 상기된 아이들의 환호성 속에 무대가 시작됐다.

눈부신 조명도, 화려한 백댄서도, 수많은 팬들의 환호성도 없었다. 그렇지만 작고 소담한 무대는 빛이 났다.

무서운 병마와 힘겨운 싸움을 벌이고 있는 아이들에게 조금이나마 용기를 북돋아주기 위해서 지수는 무대 위에서 아이들과 일일이 시선을 맞추었다.

배려와 따스한 마음이 고스란히 전해지는 무대 위에서 지수와 도레미 퍼블릭의 멤버들은 다른 여느 무대 못지않게 최선을 다해서 노래하고 춤을 췄다.

"꼭 다른 사람을 보는 것 같네!"

무대 위에서 춤을 추고 노래하는 지수의 모습을 직접 보는 것은 처음이었다.

풋풋한 대학 신입생처럼, 또 막내 동생처럼 느껴졌던 지수의 평소 모습과 지금 무대 위에 서 있는 지수의 모습은 전혀 느낌이 달랐다.

꼭 성숙한 여인처럼 느껴진달까.

지금껏 미처 알지 못했던 지수의 색다른 모습에 태식이 시선을 떼지 못하고 있을 때, 용덕수가 곁으로 다가왔다.

"옛말이 맞네요."

"무슨 소리야?"

무대를 응시하고 있는 시선을 떼지 않은 채로 용덕수가 대답했다.

"착한 일을 하니까 복을 받네요."

*   *   *

중앙 드래곤즈, 우송 선더스, 대승 원더스.

후반기 심원 패롯스의 대진 상대들이었다.

세 팀 모두 리그 상위권에 이름을 올리고 있는 강팀들.

분명히 심원 패롯스의 입장에서는 부담스러운 대진표였다. 더구나 심원 패롯스는 전반기 막바지에 5연패에 빠지면서 팀 분위기가 한껏 가라앉은 상태였다.

해서 팬들과 전문가들 모두 심원 패롯스의 리그 후반부 초반의 힘겨운 대진표에 우려의 시선을 던졌다.

─리그 후반기에 초반의 가혹한 대진 일정을 넘지 못하고 심원 패롯스의 가을 야구는 물 건너갈 확률이 높다.

리그 후반기를 앞두고 있던 심원 패롯스에게 내려졌던 전문가들의 냉정한 평가였다. 그러나 그 예측은 보기 좋게 빗나갔다.

7연승.

중앙 드래곤즈와 우송 선더스와의 3연전에서 잇따라 스윕을 거둔 걸로 모자라, 현재 리그 선두를 달리고 있는 대승 원더스와의 3연전 첫 경기에서도 승리를 거두면서 심원 패롯스는 무려 7연승을 내달렸다.

덕분에 후반기에 접어들자마자 단숨에 돌풍의 팀으로 떠오른 심원 패롯스는 대승 원더스와의 3연전 두 번째 경기를 맞이했다.

와아!

와아아!

경기가 시작되기까지는 약 30분가량 남아 있었지만, 심원 패롯스의 홈구장은 이미 관중들로 거의 들어차 있었다.

심원 패롯스가 누구도 예상치 못했던 7연승을 내달리자, 심원 패롯스 팬들의 관심이 다시 집중되고 있다는 증거였다.

심원 패롯스의 홈 팬들만이 아니었다. 수많은 야구팬들의 관심이 오늘 두 팀의 경기에 쏠려 있었다.

그만큼 두 팀의 일전이 중요했기 때문이다.

우선 심원 패롯스의 입장에서는 두 가지 의미에서 오늘 경기의 승리가 중요했다.

첫째는 기록적인 측면이었다.

심원 패롯스의 기존 팀 최다 연승 기록은 8연승.

만약 오늘 경기마저 승리를 거둔다면, 심원 패롯스는 팀 최다 연승 타이기록을 달성하는 것이었다.

둘째는 순위 변화였다.

후반기를 리그 9위에서 시작했던 심원 패롯스의 순위는 어느덧 리그 7위까지 상승해 있었다. 그리고 리그 6위를 달리고 있는 교연 피콕스와의 격차도 어느덧 반 게임 차이로 줄어든 상태였다.

만약 심원 패롯스가 오늘 경기에서 승리를 거두고, 교연 피콕스가 오늘 경기에서 패한다면 순위가 6위까지 치솟을 수 있었다.

반면 대승 원더스의 입장에서도 오늘 경기의 승리는 중요했다.

전반기를 리그 2위로 마감했던 대승 원더스는 후반기가 시작되자마자 리그 선두를 탈환하는 데 성공했다.

그렇지만 리그 2위인 우송 선더스와의 격차는 고작 한 게임.

만약 대승 원더스가 연패에 빠지고 우송 선더스가 오늘 경기에서 승리를 거둔다면, 어렵게 탈환한 리그 선두 자리를 다시 내어줄 위기에 처하는 것이다.

오늘 경기의 중요성을 잘 알고 있기에 대승 원더스의 정재영 감독은 팀의 에이스인 데이브 로버츠를 선발투수로 내세웠다. 그리고 데이브 로버츠를 내세우고도 경기에서 패한다면, 타격은 두 배로 큰 셈이었다.

4. 희생양

"스트라이크아웃!"

1회 말 심원 패롯스의 공격.

심원 패롯스의 리드오프인 이종도는 데이브 로버츠의 바깥쪽 꽉 찬 직구에 배트를 내밀어 보지도 못하고 루킹 삼진을 당해 물러났다.

"쉽지 않겠네."

2미터가 넘는 장신인 데이브 로버츠는 위압감을 느끼게 만들 정도로 체구도 컸다.

자신만만한 표정을 지은 채 마운드에 서 있는 데이브 로버츠의 투구를 살피던 태식은 오늘 경기에서 그를 공략하는 것이 쉽지 않을 것임을 직감했다.

그런 태식의 예감은 적중했다.

데이브 로버츠는 단 8개의 공만 던지며, 1회 말을 삼자범퇴로 마무리했다.

2회 말, 1사 주자 없는 상황에서 태식이 처음으로 타석에 들어섰다.

슈아악!

데이브 로버츠가 태식을 상대로 던진 첫 번째 공은 커브였다.

"스트라이크!"

커브가 높았다고 판단해서 배트를 내밀지 않았던 태식은 주심이 외친 스트라이크 판정을 듣고서 움찔했다.

주심의 판정이 잘못된 것이 아니었다.

분명히 가슴 위치로 높게 형성되었다고 생각했는데 홈 플레이트를 통과한 커브는 스트라이크존에 들어와 있었다.

'낙차가 크다!'

태식이 혀를 내두르며 다시 타석에 임했다.

슈아악! 퍽!

"스트라이크!"

데이브 로버츠가 선택한 2구는 바깥쪽 직구였다.

153㎞의 구속이 전광판에 찍힌 직구는 완벽하게 제구가 된 채로 홈 플레이트 구석을 찌르고 들어왔다.

'빠르다!'

두 차례 연속으로 배트를 휘둘러 보지도 못한 채 불리한 볼카운트에 몰린 태식이 배트를 고쳐 쥐었다.

지난 네 타자를 상대하며 데이브 로버츠는 2개의 삼진을 빼앗았다.

당시에 결정구로 사용했던 공은 150㎞대 초반의 구속을 자랑하는 바깥쪽 꽉 찬 직구였다.

'자기 공에 확신을 갖고 있어!'

태식이 포수와 사인을 주고받고 있는 데이브 로버츠를 살폈다.

대승 원더스의 에이스답게 데이브 로버츠의 표정은 자신감으로 가득 차 있었다.

'승부한다. 바깥쪽 직구!'

노 볼 투 스트라이크.

분명히 유인구를 던질 타이밍이었다. 그렇지만 자기 공에 확신을 갖고 있는 데이브 로버츠가 빠르게 승부를 가져갈 것이라고 태식은 예상했다.

슈아악!

부우웅!

태식의 예상은 정확히 들어맞았다.

바깥쪽 꽉 찬 코스로 날아들고 있는 공을 향해 지체하지 않고 배트를 휘두르던 태식의 균형이 무너졌다.

'직구가… 아니다!'

홈 플레이트를 막 통과하기 직전에 데이브 로버츠가 던진 공이 아래로 뚝 떨어졌다.

'싱커!'

갑자기 아래로 뚝 떨어지는 공의 궤적을 확인하고 싱커임을 알아챘지만, 배트를 도중에 멈추기에는 이미 늦었다.

딱!

간신히 배트에 공을 맞추며 삼진을 당하는 것은 면했지만, 배트 중심이 아닌 아래쪽에 걸린 타구는 뜨지 않았다.

유격수 앞으로 굴러가는 평범한 내야 땅볼.

첫 타석에서 범타로 물러난 태식이 전광판을 살폈다.

143km.

'싱커 구속이 140km대 중반이다?'

전광판에 찍혀 있는 싱커의 구속을 확인한 후, 더그아웃으로 걸어 돌아오던 태식이 고개를 절레절레 흔들었다.

대승 원더스의 정재영 감독이 데이브 로버츠를 선발투수로 예고한 후, 태식은 비디오 분석을 시작했다.

데이브 로버츠의 가장 큰 장점이자 무기로 알려진 구종은 직구.

150㎞대 초반의 구속을 기록하는 직구는 무척 빠른 데다가, 공이 가볍지 않았다. 또, 제구도 잘되는 편이었다.

―직구만 던져도 KBO 리그에서 10승은 충분히 거둘 수 있는 투수다.

데이브 로버츠를 관찰하던 대승 원더스의 스카우트 팀이 작성한 리포트에 이런 표현이 등장했을 정도였다. 그렇지만 데이브 로버츠가 구사하는 구종은 직구 하나만 있는 것이 아니었다.

브레이킹 볼인 커브.

직구와 약 15㎞가량 구속 차이가 나는 커브는 타자들의 타이밍을 빼앗아 헛스윙을 유도하기에 좋은 무기였다.

문제는 제구.

직구와는 달리 커브는 실전에서 제구가 뜻대로 되지 않는 경우가 잦은 편이었다.

그런 데이브 로버츠의 또 하나의 무기는 싱커!

직구와 흡사한 궤적으로 들어오다가 갑자기 아래로 뚝 떨어지는 싱커는 공략하기 무척 까다로운 구종이었다.

실제로 데이브 로버츠는 위력적인 싱커를 주 무기로 삼아 메이저리그 무대에서 불펜의 필승조로 활약했던 적도 있었다. 그러나 올 시즌부터 KBO 리그에서 뛰고 있는 데이브 로버츠는 싱커 사용 비중이 극히 낮은 편이었다.

"직구와 커브, 두 구종만으로도 충분하다!"

데이브 로버츠가 KBO 리그 데뷔전에서 완봉승을 거둔 후에 언론 인터뷰에서 밝혔던, 싱커를 구사하지 않았던 이유였다.

그 언론 인터뷰가 공개되고 나서 KBO 리그를 무시한 발언이 아니냐며 네티즌들이 잠시 들끓었다. 그렇지만 그 여론은 이내 잠잠해졌다.

데이브 로버츠가 실제로 직구와 커브, 두 구종만 사용하면서도 다승과 방어율 부분에서 상위권에 오를 정도로 맹활약을 했기 때문이다.

"그런데… 오늘 경기에서 싱커를 사용했다?"

더그아웃에서 데이브 로버츠가 투구하는 모습을 살피던 태식이 작게 중얼거렸다.

첫 타석과 두 번째 타석.

태식이 모두 범타로 물러났던 구종은 싱커였다.

비디오 분석을 할 당시, 데이브 로버츠는 경기 내내 직구와 커브를 주로 사용했었다. 그래서 태식은 물론이고 심원 패롯스의 다른 타자들 역시 데이브 로버츠가 던지는 싱커에 대해서는 전혀 대비를 하지 않았었다. 그런데 데이브 로버츠가 예상치 못했던 싱커를 잇따라 구사하는 터라, 속절없이 당할 수밖에 없었다.

딱!

1번 타자 이종도가 때려낸 타구가 3루수 앞으로 굴러갔다.

빠른 발을 뽐내며 이종도가 1루를 향해 전력 질주 했지만, 1루수의 글러브로 송구가 도착하는 것이 조금 더 빨랐다.

"또 싱커였어!"

이종도가 방금 당한 구종도 싱커였다.

배트에 공을 갖다 맞추는 데까지는 성공했지만, 정타와는 거리가 멀었다.

말 그대로 공에 배트를 갖다 맞추기 급급한 상황.

이런 상황에서 정타가 나올 리가 없었다.

"이닝 종료!"

이종도가 내야 땅볼로 아웃되면서 심원 패롯스의 6회 말 공격도 삼자범퇴로 끝이 났다.

7연승 가도를 달리는 동안 꾸준히 10득점 가까이 뽑아냈을 정도로 폭발적이었던 심원 패롯스의 타선이었지만, 오늘 경기에서는 대승 원더스의 에이스인 데이브 로버츠에게 완벽하게 막히고 있었다.

득점을 올리기는커녕 안타 하나를 뽑아낸 것이 전부였다. 그리고 그 안타조차도 정타가 아니었다.

3번 타자 최순규가 때려낸 팀의 유일한 안타는 워낙 코스가 깊었던 덕분에 내야안타로 연결된 것이었다.

"하필 우리가 희생양이 된 셈인가!"

천천히 마운드에서 걸어 내려가고 있는 데이브 로버츠의 등을 바라보던 태식이 표정을 굳혔다.

전반기 마지막 등판과 후반기 첫 등판.

두 차례 선발투수로 경기에 나섰던 데이브 로버츠는 1승을 거두었다. 그러나 경기 내용은 좋지 못했다.

전반기 마지막 등판에서는 6이닝 3실점을 기록하며 승리투수가 됐다.

후반기 첫 등판에서는 7이닝 4실점을 기록하며 패전의 명에를 쓸 위기에 처했지만, 타선이 뒤늦게 폭발한 덕분에 간신히 패전투수가 되는 것을 면했다.

두 차례의 등판 모두 형편없을 정도로 나쁜 결과는 아니었다. 그렇지만 팀의 에이스인 데이브 로버츠임을 감안하면 분명이 아쉬운 결과였다.

다른 누구보다 본인인 데이브 로버츠가 그 결과에 실망했을 터.

어쩌면 데이브 로버츠는 지난 두 번의 선발 등판에서 부진한 결과를 받아 든 후, 마음이 바뀌었을지도 몰랐다.

직구와 커브.

두 구종만으로는 어렵다.

이런 결론을 내렸기에 올 시즌 내내 거의 던지지 않았던 싱커를 섞어 던지기로 마음을 먹었고, 마침 그 첫 상대가 심원 패롯스인 것이었다.

"득점을 올리기 어렵겠어!"

태식이 직접 타석에서 경험했기에 데이브 로버츠가 던지는 싱커의 위력이 대단하다는 것을 알 수 있었다.

"더 빨라졌어!"

전광판을 통해 확인했던 데이브 로버츠의 싱커 구속은 143㎞였다.

데이브 로버츠가 메이저리그에서 필승조로 활약하다가 부진에 빠지며 마이너리그로 강등된 이유는 주 무기였던 싱커의 구속 저하였다.

직구와 분간이 어려울 정도로 빠른 구속을 자랑하던 싱커의 구속이 떨어지자, 위력도 자연스레 감소했다.

140㎞대 중반의 구속에서 130㎞대 후반의 구속으로.

이런 싱커의 구속 저하가 데이브 로버츠가 메이저리그 타자들에게 통타당하며 버텨내지 못했던 이유였는데.

오늘 경기에서 데이브 로버츠가 던지는 싱커의 구속은 140㎞대 중반으로 메이저리그 무대에서 활약하던 전성기 시절의 구속과 위력을 되찾아 있었다.

힘과 기술 면에서 KBO 리그보다 두 수 위라고 평가되는 메이저리그의 타자들도 공략에 애를 먹었던 데이브 로버츠의 싱커였다. 그러니 심원 패롯스의 타자들이 싱커에 당황해서 제대로 공략을 하지 못하는 것은 어쩌면 당연한 일이었다.

"뜬공이… 하나도 없어."

데이브 로버츠를 상대로 타순이 두 바퀴 돌았음에도 뜬공 하나 날리지 못한 것이 그가 던지는 싱커의 위력을 알려주는 증거였다.

"어떻게 공략해야 할까?"

그나마 다행인 것은 오늘 경기 심원 패롯스의 선발투수로 나선 윌린 해멀스도 무실점 투구를 펼치고 있다는 점이었다.

0 : 0.

양 팀의 선발투수 모두 무실점 행진을 이어나가며 호투를 펼치고 있다는 점은 같았다. 그렇지만 내용과 분위기 면에서는 사뭇 달랐다.

6회까지 단 하나의 안타, 그것도 빗맞은 내야안타 하나만

허용한 데이브 로버츠는 심원 패롯스 타자들을 압도하고 있
는 반면, 윌린 해멀스는 네 개의 안타를 맞았고 사사구도 둘
이나 허용했다.

뛰어난 위기관리 능력을 뽐내며 무실점으로 막아내고는 있
었지만, 타자들을 압도하는 것과는 거리가 멀었다.

따악!

7회 초, 대승 원더스의 선두 타자인 7번 타자 김승헌의 배
트가 벼락처럼 돌아갔다.

방심한 탓일까.

초구 스트라이크를 잡기 위해서 윌린 해멀스가 무심코 던
진 슬라이더는 밋밋했다.

명백한 실투!

김승헌은 그 실투를 놓치지 않았다.

타구를 열심히 쫓아가던 우익수가 도중에 포기했고, 김승
헌이 때린 타구는 우측 펜스를 훌쩍 넘기고 떨어졌다.

솔로 홈런.

0 : 1.

길었던 0의 행진은 7회 초에 접어들자마자 깨졌다.

1점차로 뒤진 채 접어든 심원 패롯스의 8회 말 공격.

여전히 데이브 로버츠의 호투에 눌려서 1안타로 침묵하고

있는 심원 패롯스의 선두 타자는 태식이었다.

"안타 부탁해요."

"이제 하나 쳐라!"

"홈런 날리고 동점 가자!"

무기력한 타선에 답답함을 드러내고 있던 심원 패롯스의 홈 팬들은 태식이 8회 말의 선두 타자로 타석에 등장하자, 기대 섞인 응원을 보냈다.

그렇지만 잔뜩 집중한 태식의 귀에는 아무것도 들리지 않았다.

7회까지 기록한 데이브 로버츠의 투구 수는 83개.

줄곧 빠른 승부를 가져가면서 삼진 개수를 늘리는 것보다 맞춰 잡는 투구에 주력한 덕분에 데이브 로버츠의 투구 수는 적은 편이었다.

충분히 완봉 내지 완투를 바라볼 수 있는 투구 수.

그래서일까.

8회 말에 접어들었음에도 데이브 로버츠에게서 지친 기색은 보이지 않았다.

'이번 이닝이 마지막 기회야!'

만약 8회 말도 무기력하게 삼자범퇴로 물러난다면?

9회 말 심원 패롯스의 마지막 공격은 상위 타순이 아닌 하위 타순부터 공격이 시작됐다. 그런 만큼 동점 내지 역전의 가능성은 현저히 줄어들었다.

실질적으로 이번 8회 말 공격이 심원 패롯스의 마지막 기회나 다름없는 상황이었다.

'초구는?'

타석에 선 태식이 수 싸움을 펼치기 시작했다.

5. 위화감

'초구는?'

태식이 수 싸움을 펼치려 했지만, 고민할 시간은 오래 주어
지지 않았다.

슈아악!

부웅!

초구에 싱커가 들어올 것이라 예상하고 배트를 휘두르던 태
식이 도중에 배트를 가까스로 멈춰 세웠다.

"스트라이크!"

'직구… 였어!'

수 싸움이 빗나갔다.

가까스로 배트를 도중에 멈춰 세우는 데 성공했지만, 주심은 스트라이크존을 통과했다고 판단했다.

그 순간, 태식이 지그시 입술을 깨물었다.

직구, 커브, 그리고 싱커.

데이브 로버츠가 오늘 경기에서 사용하는 구종들이었다.

문제는 데이브 로버츠가 오늘 이 세 가지 구종을 모두 완벽에 가깝게 구사하고 있다는 점이었다.

그러다 보니 수 싸움을 펼치는 것부터 쉽지 않았다.

'살아 나가는 게 급선무야!'

슈아악!

데이브 로버츠가 던진 2구는 몸 쪽 커브였다.

내심 또다시 직구가 들어올 것이라 예상하고 있었던 태식은 배트를 내밀어보지도 못 하고 움찔하며 뒤로 물러났다.

"스트라이크!"

코스가 몸 쪽으로 너무 깊었잖아요.

이렇게 어필하기 위해서 태식이 타석에서 뒷걸음질을 쳤지만, 주심은 태식의 리액션에 속지 않았다.

노 볼 투 스트라이크.

압도적으로 불리한 볼카운트에 몰린 태식의 머릿속이 복잡해졌다.

'직구? 커브? 싱커?'

대체 어떤 구종의 공이 들어올 것인지 전혀 감을 잡을 수가 없었다. 그리고 타자에게 오래 생각할 시간을 주지 않기 위함일까?

데이브 로버츠는 투구 간격이 짧은 편이었다.

슈아악!

데이브 로버츠가 와인드업을 마치고 3구를 뿌렸다.

'싱… 커?'

직구 타이밍에 맞춰 배트를 휘두르던 태식이 배트 스피드를 의식적으로 줄였다.

틱!

뚝 떨어지면서 바깥쪽으로 휘어나가던 싱커는 태식이 휘두른 배트의 끄트머리 부분에 간신히 닿았다.

빗맞은 땅볼 타구가 3루 선상을 벗어나는 것을 확인하고 나서야 태식이 안도의 한숨을 내쉬었다.

하마터면 삼구 삼진을 당할 뻔했던 위기 상황.

마지막 순간에 배트 스피드를 의도적으로 줄이며 손목 힘으로 배트를 컨트롤한 덕분에 어렵게 파울 타구를 만들어낼 수 있었다.

툭. 툭!

다시 타석으로 돌아온 태식이 주먹으로 헬멧을 쳤다.

'어렵다!'

일단 싱커를 커트하면서 삼진을 당할 위기를 넘겼지만, 딱히 상황이 나아진 것은 없었다.

여전히 볼카운트는 타자인 태식에게 불리했고, 수 싸움도 여의치 않았다. 그래서 답답한 표정을 짓고 있던 태식이 순간 두 눈을 빛냈다.

'뭐지?'

습관처럼 마운드에 서 있는 데이브 로버츠를 노려보다 보니, 퍼뜩 이상하다는 생각이 머리를 스치고 지나갔다.

위화감이랄까.

태식은 오늘 경기에서 데이브 로버츠와 세 번째 승부를 펼치는 도중에 뭔가 위화감을 느꼈다.

'왜?'

문득 위화감을 느꼈던 이유에 대해 고심하던 태식이 눈매를 좁혔다.

'그거였어!'

간신히 데이브 로버츠와의 승부에서 위화감을 느꼈던 이유를 알아챈 태식의 표정에 한결 여유가 생겼을 때였다.

슈아악!

데이브 로버츠가 4구째 공을 던졌다.

'몸 쪽 싱커!'

배트를 내밀던 태식이 도중에 배트를 멈춰 세웠다.

"볼!"

태식의 예상이 적중했다.

홈 플레이트를 통과하는 순간에 궤적이 바뀌면서 아래로 뚝 떨어진 싱커는 스트라이크존을 살짝 걸친 듯 보였다.

그렇지만 주심은 조금 낮았다고 판단해서 볼을 선언했다.

원 볼 투 스트라이크!

주심의 볼 판정에 아쉬운 기색을 드러내던 데이브 로버츠는 이내 아쉬움을 털어버리고 투구 준비에 들어갔다.

포수와 사인을 주고받은 후 힘차게 와인드업을 마친 데이브 로버츠가 5구째 공을 힘차게 뿌렸다.

슈아악!

따악!

그 순간 일말의 망설임도 없이 태식의 배트가 매섭게 돌았다.

'떴다!'

지난 두 타석과는 달랐다.

배트 중심에 제대로 걸린 타구는 땅볼이 되지 않고 떠올랐다.

2루수가 머리 위로 지나가는 타구를 잡기 위해 힘껏 점프했지만, 태식이 때린 타구는 2루수의 키를 살짝 넘기고 떨어졌다.

데이브 로버츠를 상대로 처음으로 만들어낸 뜬공이자, 오늘 경기 심원 패롯스의 두 번째 안타!

세 번째 타석 만에 안타를 터뜨리는 데 성공한 태식이 1루에 안착했다.

'내 생각이 틀리지 않았어!'

마침내 데이브 로버츠의 싱커 공략에 성공한 태식이 쾌재를 부를 때, 대승 원더스의 정재영 감독이 자리에서 일어섰다.

승부처.

대승 원더스의 정재영 감독은 지금을 오늘 경기의 승부처라고 판단한 듯 보였다. 그리고 태식의 생각도 마찬가지였다.

정재영 감독이 통역을 대동한 채 마운드 위로 걸어 올라가는 것을 확인한 태식이 대기 타석에 서 있던 김대희를 손짓으로 불렀다.

"선배님, 어떻게 공을 띄웠습니까?"

이미 타석에서 데이브 로버츠와 두 차례 승부를 펼쳤던 김대희였기에 그가 던지는 싱커의 위력에 대해 잘 알고 있었다.

혀를 내두르면서 질문하는 김대희에게 태식이 대답했다.

"봤다."

"뭘요?"

"글러브!"

"네?"

"대희야, 글러브다."

"……?"

"데이브 로버츠가 투구를 하기 직전에 글러브의 위치를 잘 살펴. 그럼 구종을 예측할 수 있으니까."

조금 전에 태식이 데이브 로버츠를 상대로 안타를 때려낼 수 있었던 이유.

결국 수 싸움에서 이겨냈던 덕분이었다.

그렇지만 평소와는 조금 달랐다.

'게스 히팅'이 아니었다. 마운드에 서 있던 데이브 로버츠가 싱커를 던질 것이라는 확신을 가진 채로 타격에 임했다.

그리고.

태식이 데이브 로버츠가 싱커를 던질 것이라고 확신할 수 있었던 것은… 미세한 투구 폼 차이를 캐치한 덕분이었다.

위화감!

타석에서 당황하고 있던 태식이 문득 위화감을 느꼈던 이유는 데이브 로버츠의 투구 폼이 조금 달랐기 때문이다.

좀 더 정확히 표현하자면 와인드업을 막 시작하는 투구 동작에서 데이브 로버츠의 글러브 위치가 조금 달랐다.

태식을 상대로 1구와 2구를 던지기 전, 데이브 로버츠의 글러브는 가슴 부근에 닿아 있었다. 그렇지만 3구를 던지기 전에는 글러브의 위치가 그보다 조금 아랫부분으로 내려와 있었다.

즉, 가슴이 아니라 윗배 부근에 글러브가 닿아 있었다.

큰 차이는 아니었다. 만약 세심하게 관찰하지 않았다면 알아채지 못했을 정도로 작은 차이였다.

'어쩌면?'

용케 그 차이를 간파할 수 있었던 것은 태식이 필사적으로 데이브 로버츠를 공략할 방법을 찾고 있었던 덕분이었다. 그리고 투구 동작에서 데이브 로버츠의 글러브 위치가 조금 다르다는 것을 알아챈 순간, 의심을 품었다.

그 의심을 확인하기 위해서 데이브 로버츠의 4구째를 관찰했다.

몸 쪽 싱커!

조금 낮았다는 이유로 볼이 선언된 순간, 태식은 마침내 의심을 지우고 확신을 가졌다.

직구와 커브.

두 구종을 던질 때와 싱커를 던질 때, 데이브 로버츠의 투구 동작이 조금 다르다는 것을 확인한 것이다.

이어진 5구째.

투구를 준비하는 데이브 로버츠의 글러브는 가슴 부근이

아니라 윗배 부근에 머물러 있었다.

'싱커다!'

태식이 확신을 가진 채 타격에 임했다.

따악!

정확한 타이밍에 배트 중심에 걸린 타구는 2루수의 키를 넘기며 깨끗한 우전 안타로 연결됐다.

스윽.

태식이 1루 베이스와의 거리를 조금씩 벌리면서 타석에 서 있는 김대희를 살폈다.

태식의 조언을 들은 덕분일까?

지난 두 타석과는 달랐다.

타석에 서 있는 김대희의 표정에는 자신감이 깃들어 있었다.

슈아악!

데이브 로버츠의 손에서 첫 번째 공이 떠난 순간, 김대희의 배트가 망설임 없이 매섭게 돌아갔다.

따악!

경쾌한 타격음이 그라운드에 울려 퍼진 순간, 태식이 지체하지 않고 스타트를 끊었다.

'빠져라!'

김대회의 타구는 3루 선상을 타고 흘렀다. 3루수가 타구를 캐치하기 위해 필사적으로 몸을 날렸지만, 배트 중심에 제대로 걸린 타구가 너무 빨랐다.

3루 선상을 타고 타구가 뒤로 빠진 사이, 태식은 3루에 도착했다. 그리고 타자 주자인 김대회도 2루에 여유 있게 안착했다.

'이제 공략할 수 있다!'

3루 베이스 위에 올라선 채 고개를 돌린 태식의 눈에 김대회가 엄지를 추켜세우고 있는 것이 들어왔다.

"잘했다!"

태식도 아낌없이 박수를 치며 김대회를 칭찬했다.

김대회가 데이브 로버츠의 투구 폼 차이를 활용한 방법!

태식과는 조금 달랐다.

태식이 싱커를 노린 반면, 김대회는 직구를 노렸다.

'수 싸움이었어!'

태식의 충고 덕분에 투구 폼의 차이를 알아챈 김대회는 데이브 로버츠를 유심히 관찰했을 터였다.

데이브 로버츠의 글러브가 가슴 부근에 닿아 있는 것을 통해서 세 가지 구종 가운데 싱커를 배제할 수 있었던 상황.

김대회에게 남은 선택지는 두 가지였다.

직구 혹은 커브.

그 두 가지 선택지 가운데 김대희가 노린 것은 직구였다.

운 좋게 둘 중 하나가 들어맞았다?

그것은 아니었다.

김대희가 커브가 아닌 직구가 들어올 것이라고 판단한 데는 나름의 이유가 있었다.

─부상에서 복귀한 김대희의 약점은 배트 스피드가 느린 것이다.

각 팀의 전력 분석원들에 의해서 이미 약점이 노출된 상황.

대승 원더스의 정재영 감독도 그런 김대희의 약점을 알지 못할 리 없었다.

아까 정재영 감독이 마운드에 올라갔던 것도 이런 김대희의 약점을 일러주기 위함일 확률이 높았다.

김대희는 이 부분을 역으로 찔렀다.

자신의 약점을 공략하기 위해서라도 데이브 로버츠는 초구로 커브가 아닌 직구를 던질 것이라는 확신을 갖고 타격에 임했다. 덕분에 수 싸움에서 승리해 배트 중심에 맞은 좋은 타구를 만들어낼 수 있었던 것이었다.

무사 2, 3루.

마침내 끌려가던 오늘 경기를 역전시킬 수 있는 기회가 찾아왔다.

절호의 찬스에서 타석에 들어선 것은 조용기.

딱!

하지만 조용기는 초구로 들어온 몸 쪽 직구에 방망이를 내밀었다가 내야플라이로 허무하게 물러났다.

아까운 아웃카운트 하나만 허비한 셈.

'왜?'

고개를 갸웃하면서 더그아웃으로 돌아가는 조용기를 바라보던 태식이 답답한 표정을 감추지 못했다.

태식이 알렸기에 조용기 역시 던지는 구종에 따라서 데이브 로버츠의 투구 폼에 미세한 차이가 있다는 것을 전해 들은 상황이었다. 그럼에도 조용기는 데이브 로버츠를 제대로 공략하지 못했다.

수 싸움을 통해서 직구가 들어올 것을 미리 알았음에도, 데이브 로버츠의 직구 구위에 밀린 것이었다.

무사 2, 3루에서 1사 2, 3루로 상황이 바뀌었다.

그렇지만 아직 포기하기에는 일렀다.

다음 타석에 들어서는 것이 용덕수였기 때문이다.

부웅. 부웅.

대기 타석에서부터 힘차게 스윙을 하면서 단단히 각오를 다지던 용덕수가 타석으로 들어섰다. 그렇지만 용덕수가 애써

다진 각오는 헛수고가 됐다.

용덕수가 타석에 들어서자마자, 대승 원더스의 포수인 김낙성은 벌떡 일어나서 홈 플레이트를 벗어났다.

'고의 사구?'

정재영 감독의 선택은 고의 사구로 용덕수를 거르는 것이었다.

"볼넷!"

1사 2, 3루 상황이 1사 만루로 바뀌었지만, 태식은 웃지 못했다.

"또… 당했네."

용덕수를 고의 사구로 거르라고 지시한 정재영 감독은 9번 타자 임태규와의 승부를 선택했다.

그 순간, 태식이 더그아웃으로 고개를 돌렸다. 그리고 난감한 표정을 짓고 있는 이철승 감독을 바라보았다.

잠시 뒤, 이철승 감독이 뭔가 결심한 듯 감독석에서 일어났다. 그런 이철승 감독이 선택한 것은 대타 작전이었다.

임태규를 대신해서 대타 요원으로 타석에 선 것은 이승열이었다.

올 시즌, 주로 대타자로 출전하고 있는 이승열의 활약은 빼어난 편이 아니었다.

타율은 2할대 초반에 불과했고, 선구안도 좋은 편이 아니었다.

"한 방을 기대한다?"

그럼에도 불구하고 이승열이 대타 요원으로 등장한 것을 확인한 순간, 태식은 이철승 감독의 의중을 읽을 수 있었다.

정교함은 많이 떨어지는 편이지만, 장타력을 갖추고 있는 이승열이 외야플라이를 때려내 주길 기대하며 선택한 것이었다.

"어떻게 될까?"

오늘 경기의 승패를 결정지을 중요한 승부처..

태식이 긴장한 채 지켜보고 있을 때, 데이브 로버츠가 와인드업을 마치고 이승열에서 첫 번째 공을 던졌다.

'싱커!'

데이브 로버츠의 글러브는 윗배 부근에 닿아 있었다. 그래서 태식이 싱커라고 확신한 순간, 이승열이 배트를 돌렸다.

'왜… 저래?'

그 스윙의 궤적을 살피던 태식이 눈살을 찌푸렸다.

이미 싱커가 들어올 것을 알고 있는 상황인 만큼, 외야플라이를 만들기 위해서 이승열은 어퍼 스윙을 해야 했다.

그런데 이승열은 어퍼 스윙을 하지 않았다.

마치 직구에 대처하듯이 배트를 눕힌 채 스윙을 하다가 마지막 순간에 배트를 아래로 내려서 공을 맞추기에 급급했다.

딱!

타이밍이 완전히 어긋난 상황!

정타가 나올 리 없었다.

뜨지 못하고 땅볼이 된 타구는 유격수 정면으로 향했고, 6—4—3으로 이어지는 병살타로 연결됐다.

"이닝 종료!"

찬스가 무산되면서 허무하게 이닝이 종료된 순간, 태식이 못마땅한 표정으로 고개를 절레절레 흔들었다.

6. 예방접종

9회 말, 심원 패롯스의 정규 이닝 마지막 공격.

더그아웃에 앉아 있던 태식은 분한 기색을 감추지 못했다.

8회 말 공격에서 어렵사리 마련된 역전 찬스.

최소 동점 내지 역전을 만들 수 있는 기회가 충분히 있었다.

데이브 로버츠의 구위가 분명히 위력적이기는 했지만, 던지는 구종에 따라 투구 폼이 미세하게 다르다는 약점을 캐치해 내는 데 성공했기 때문이다. 그러나 임현일을 대신해서 타석에 들어선 이승열이 병살타를 때리며, 8회 말에 찾아왔던 심원 패롯스의 역전 찬스는 허무하게 무산됐다.

"몰랐어!"

타석에서 데이브 로버츠를 상대하던 이승열의 모습을 되짚어 보던 태식이 짤막한 한숨을 내쉬었다.

데이브 로버츠가 싱커를 던진 순간, 직구를 예상하고 타격하던 이승열의 표정에는 당혹스러운 기색이 떠올라 있었다.

이것이 이승열이 데이브 로버츠의 투구 폼 차이에 대해 인지하지 못하고 타석에 들어섰다는 증거였다.

"감독님이 갑자기 대타 작전을 쓴 탓에 미처 전달하지 못했어."

팀 내 커뮤니케이션의 문제.

아쉬웠던 점은 그것만이 아니었다.

이미 데이브 로버츠의 미세한 투구 폼 차이에 대해서는 파악이 끝난 상황이었다.

그런 만큼 1번 타자 이종도부터 시작되는 9회 말 마지막 공격에서 다시 동점 내지 역전 기회를 만들 수 있을 것이라 기대했는데.

대승 원더스의 정재영 감독은 9회 말에 접어들자 호투하던 데이브 로버츠를 마운드에서 내리고 마무리 투수인 김연경을 투입하는 선택을 내렸다.

데이브 로버츠의 구위가 떨어졌다고 판단한 걸까? 아니면,

데이브 로버츠의 미세한 투구 폼 차이가 파악당한 걸 알아챘을까?

정재영 감독이 완봉승을 눈앞에 두고 있던 데이브 로버츠를 갑자기 마운드에서 끌어 내린 정확한 이유까지는 알 수 없었다. 그렇지만 그 선택으로 인해서 심원 패롯스는 오늘 경기를 역전할 수 있는 기회를 잃어버렸다.

'좋지 않아!'

태식의 표정이 심각하게 변했다.

단순히 팀 내 커뮤니케이션의 문제로만 치부하고 넘길 사안이 아니었다.

"공격 야구는 무척 화려하게 보이니까요. 하지만 화려함의 이면에는 어두운 그림자가 자라게 마련이죠. 우리 팀도 마찬가지예요. 지금은 막강한 화력을 뽐내고 있는 덕분에 드러나지 않지만, 타선이 부진에 빠지면 이면의 어두운 그림자, 즉 약점이 드러날 겁니다."

얼마 전에 송나영에게 건넸던 이야기.

이번 경기에서 심원 패롯스의 타선은 8이닝 무실점을 기록한 데이브 로버츠에게 꽁꽁 묶였다. 그리고 화려함을 뽐내던 타선이 빛을 잃자, 그동안 화려함에 가려져 보이지 않았던 이면의 어두운 그림자들이 기다렸다는 듯이 모습을 드러냈다.

우선 용덕수와 김대희가 가세하면서 해결됐던 상하위 타선의 불균형이라는 약점이 다시 드러났다. 아니, 좀 더 엄밀히 말하면 상하위 타선의 불균형이라는 약점은 해결됐던 것이 아니었다.

그저 해결됐던 것처럼 보였던 것뿐이었다.

"7번 타순과 9번 타순이 너무 약해!"

심원 패롯스가 연승을 달리고 있는 동안에도 7번 타순과 9번 타순에 배치됐던 조용기와 임태규의 활약은 미미했다.

상위 타선이 폭발하고, 6번과 8번 타순에 배치됐던 김대희와 용덕수가 찬스에서 좋은 활약을 펼친 덕분에 그들의 부진이 가려져 있었던 것뿐이었다.

오늘 경기를 통해서 또 하나 드러난 심원 패롯스의 약점은 찬스에서 믿고 내보낼 수 있는 대타 요원이 없다는 것이었다.

통상적으로 프로 팀에는 활용도에 따라 세 명의 대타 요원이 필요한 법이었다.

선구안이 좋고 출루율이 높아서 찬스를 만들어낼 수 있는 역할을 해내는 대타 요원이 첫째.

정교한 타격에 능하고 작전 수행 능력이 뛰어나서 찬스를 이어나가는 역할을 해내는 대타 요원이 둘째,

장타력을 갖추고 있어서 뒤지고 있던 경기를 일거에 뒤집는

역할을 해낼 수 있는 대타 요원이 셋째였다.

　그러나 현재 심원 패롯스에는 이 세 가지 부분 중 한 부분에 특화되어 있는 대타 요원이 전무했다.

　이승열과 윤두준!

　현재 심원 패롯스에서는 이 두 명의 타자들이 대타 요원으로 가끔씩 경기에 출전하고 있었지만, 이철승 감독과 팬들의 기대에 부응하기에는 역부족이었다.

　"지금 우리 팀에 필요한 것은 경기의 승부처에 등장해서 승부를 뒤집을 수 있는 장타력과 결정력을 갖춘 대타 요원인데."

　태식이 미간을 좁혔다.

　리그 후반기에 접어들며 쾌조의 스타트를 끊은 심원 패롯스에 또 한 번의 위기가 찾아온 셈이었다.

　"이제… 때가 된 것 같군."

　마침내 적당한 타이밍이 찾아왔음을 직감한 태식이 천천히 고개를 돌려서 김대희를 바라보았다.

　　　　　　*　　　　　*　　　　　*

　"너, 지금 뭐 하자는 거야?"

　송나영을 쏘아보는 유인수의 눈빛은 매서움을 넘어 사납기까지 했다.

불과 얼마 전까지만 해도 송나영과 마주칠 때마다 '우리 송 기자'라고 부르면서 살갑게 굴던 유인수는 어느새 딴사람으로 바뀌어 있었다.

마치 맹수의 그것처럼 사나운 눈빛으로 인해 잠시 움츠려들었던 송나영이 이내 어깨를 쭉 폈다.

"일했죠."

"뭐?"

"캡이 지시하신 대로 했는데요."

송나영이 당당하게 대꾸하자, 유인수가 재차 언성을 높였다.

"무슨 헛소리를……."

"얼마 전에 우리 송 기자처럼 도전 정신을 가지고 취재에 임하고 기사를 작성하라고 말씀하셨잖아요. 설마 기억 안 나세요?"

"……."

"어머. 진짜 기억이 안 나시나 보네요? 큰일이다. 그 말씀을 하신 지 불과 며칠 지나지도 않았는데. 지금 여기서 이러고 앉아 있을 게 아니라 병원에 한번 찾아가 보셔야 하는 거 아니에요?"

"병원? 너 이젠 날 환자로 모는 거야?"

"그러지 마시고 겸사겸사 병원 한번 찾아가 보세요."

"겸사겸사?"

"치매에 조울증, 복부 비만, 그리고 화병까지. 제가 캡을 볼 때마다 걱정되는 게 한두 개가 아니라서요."

"너 진짜……."

"진짜 고맙죠?"

"뭐?"

"캡한테 신경 쓰고, 또 이렇게 걱정해 주는 부하 직원, 저밖에 없잖아요. 그러니 당연히 고마워해야죠."

송나영이 생긋 웃으며 덧붙이자, 유인수가 길게 한숨을 내쉬었다.

"말이나 못하면……."

"에이, 명색이 말발과 글발로 먹고사는 기자인데 말이라도 잘해야죠."

"야!"

드디어 인내심이 바닥난 걸까.

버럭 소리를 지르는 유인수를 송나영이 타박했다.

"왜 갑자기 소리를 지르고 그러세요? 하마터면 애 떨어질 뻔했잖아요."

"떨어질 애는 있고?"

"아쉽게도 아직 없네요."

한마디도 지지 않고 대꾸하는 송나영에게 질린 듯 고개를 절레절레 흔들던 유인수가 기사의 초고를 꺼냈다.

<화려한 연승이 끝나자 드러난 이면의 그림자. 심원 패롯스의 어두운 미래>

송나영이 작성해서 유인수에게 제출한 기사 초고의 제목이었다.

"너야말로 병원 가봐야 하는 거 아냐?"

"왜요?"

"기억력이 꽝이잖아."

"……?"

"요새 젊은 친구들도 치매 걸리는 경우가 있다더라. 너도 이러고 있지 말고 얼른 병원 가서 검사해 봐."

"캡!"

"그렇게 소리만 빽빽 지르지 말고 내 얘기 잘 들어봐. 수비 부담을 덜어낸 김대희가 기폭제 역할을 하면서 후반기 심원 패롯스의 팀 타선이 폭발할 것이다. 이게 네가 지난번에 작성해서 내보냈던 기사의 요지였어. 이건 기억하지?"

"그럼요."

"그런데 그 기사 내보낸 지 얼마나 지났다고 당시 기사와는 정반대 논조의 기사를 써내는 거야?"

유인수가 이렇게 화를 내는 이유.

송나영도 납득이 가지 않는 것은 아니었다. 또, 선뜻 지면을 내주지 않고 망설이지 않는 것도 충분히 납득이 됐다.

'어떻게 하면 기사를 내보낼 수 있을까?'

그래서 송나영이 유인수의 마음을 돌릴 방법에 대해서 고민하고 있을 때였다.

"이거야 원. 미친년 널뛰는 것도 아니고. 노처녀 히스테리야. 뭐야?"

유인수가 못마땅한 표정으로 작게 혼잣말을 꺼냈다. 그 혼잣말을 놓치지 않은 송나영이 두 눈을 빛냈다.

"어. 어!"

"왜 그래?"

"방금 뭐라고 하셨어요?"

"또 뭐?"

"저한테 미친년이라고 하셨죠?"

"그게 아니라……."

"아니긴요. 내 이 두 귀로 똑똑히 들었는데. 저 청력 엄청 좋거든요. 이거 나만 들은 거 아니죠? 캡이 나한테 미친년이라고 한 거, 다들 들었죠?"

송나영이 사무실 직원들을 둘러보면서 흥분한 기색으로 언성을 높이자, 유인수의 표정에 당혹스러운 기색이 떠올랐다.

"속담이야. 속담. 미친년 널……."

"맞네. 나한테 미친년이라고 한 거."

"아니라니까."

궁지에 몰린 유인수가 필사적으로 부인했지만, 송나영에게는 아직 비장의 무기가 하나 더 남아 있었다.

"아까 또 뭐라고 하셨어요?"

"내가 또 뭘?"

"노처녀 히스테리 부린다고 하셨죠? 이것도 똑똑히 들었거든요."

"내가 노처녀 히스테리 운운한 건 맞지만, 그냥 그런 말을 했겠냐? 네가 너무 중심을 못 잡고 왔다 갔다 하니까……."

"아, 됐고."

"되긴 뭐가 돼?"

"자, 캡이 인정했습니다. 이번에는 다들 확실히 들었죠? 혹시 우리 대화 녹음한 사람 없어요?"

송나영이 기회를 놓치지 않고 거세게 밀어붙이자, 유인수가 더 버티지 못하고 백기를 들었다.

"그래, 내가 말이 좀 심했다. 사과할게."

"이게 사과로 끝날 일이에요?"

"그럼? 사과 안 받고 고소라도 할 거야?"

"에이, 그동안 동고동락한 시간이 얼마인데 우리 사이에 고소미까지 먹이는 것은 너무 각박하잖아요."

"그럼?"

"잘 아시잖아요."

송나영이 생긋 웃으며 말했다.

대화 도중에 말꼬리를 잡혀서 유인수가 궁지에 몰렸던 것은 이번이 처음이 아니었다. 그래서 유인수가 표정을 일그러뜨렸다.

"기사를 내달라?"

"정답입니다."

"하아."

한숨을 길게 내쉰 유인수가 다시 입을 뗐다.

"어디 한번 이유나 들어보자. 너도 알다시피 심원 패롯스의 후반기 성적은 7승 2패야, 7승 2패! 지난 두 경기를 패하긴 했지만, 그렇다고 해서 경기 내용이 형편없진 않았어. 두 경기 모두 1점차로 패했으니까. 그리고 심원 패롯스가 패했던 상대가 현재 리그 선두를 달리고 있는 대승 원더스였어. 그런데 고작 두 번 졌다고 위기 운운하는 건, 너무 오버 아니냐?"

"오버죠."

"너도 잘 알고 있네. 그런데?"

"굳이 표현하자면 예방접종이랄까요?"

"예방접종? 그건 또 무슨 소리야?"

"심원 패롯스가 진짜 위기에 처하기 전에 어서 대비책을 마련하라는 취지로 이 기사를 내리는 거죠."

일리가 있다고 판단한 걸까.

가볍게 고개를 끄덕이던 유인수가 다시 고개를 갸웃하며 물었다.

"그런데 네가 왜 나서는 거야? 네가 심원 패롯스 관계자라도 돼?"

"그건 아니지만… 제 정보원이 심원 패롯스 관계자거든요. 그리고 이 정보원과 앞으로도 쭉 돈독한 관계를 유지해야 하고요."

"정보원? 누군데?"

유인수가 호기심을 감추지 못하고 질문한 순간, 송나영이 생긋 웃으며 대답했다.

"그건 비밀입니다."

*   *   *

"빌어먹을!"

쾅!

지하에 위치한 단골 호텔 바에 앉아서 술잔을 기울이던 강만호가 분을 참지 못하고 주먹으로 탁자를 내려쳤다.

"나한테 다들 왜 이러는 거야?"

기분이 더러웠다.

양주병을 들어서 잔을 채운 후, 단숨에 비워 버린 강만호가 무척 불쾌하던 당시의 기억을 떠올렸다.

7. 동병상련

대승 원더스와의 3연전 마지막 경기.

앞선 두 경기에서 1승씩을 주고받은 양 팀의 경기는 접전이었다.

윤동하 VS 지미 하워드.

선발투수 맞대결에서는 팀의 2선발인 지미 하워드를 내세운 대승 원더스가 4선발인 윤동하를 내세운 심원 패롯스에 앞선다는 평가가 지배적이었다.

그렇지만 3연전 두 번째 경기에서 데이브 로버츠에 막히며 침묵했던 심원 패롯스의 타선이 다시 힘을 내면서 경기는 팽

팽한 접전 양상으로 흘러갔다.

2 : 4.

7회 초가 끝났을 때의 스코어였다.

대승 원더스가 먼저 점수를 뽑아내며 앞서가면, 심원 패롯스가 곧바로 추격하는 양상이었다. 그리고 7회 말에 심원 패롯스는 또 한 번 추격 기회를 잡았다.

김태식과 김대희의 연속 안타가 터지면서 2사 1, 2루의 찬스가 만들어졌다.

찬스에서 타석에 들어선 8번 타자 용덕수는 기회를 놓치지 않고 깔끔한 우전 안타를 터뜨렸다.

3 : 4.

2루 주자였던 김태식이 여유 있게 홈으로 들어오며 심원 패롯스는 1점차로 추격했다. 그리고 2사 1, 3루의 찬스가 계속 이어졌다.

"잘하네!"

더그아웃에서 경기를 지켜보던 강만호의 표정이 일그러졌다.

리그가 후반기로 접어든 후, 자신을 밀어내고 줄곧 주전 포수 마스크를 쓰고 있는 용덕수의 활약은 딱히 흠잡을 곳을 찾기 힘들 정도로 좋았다.

고졸 신인이라고는 믿기 힘들 정도로 수비에서 안정적인 모습을 보였고, 공격에서도 비록 규정 타석에 한참 못 미쳤지만 3할대 초반의 타율을 기록하면서 침체에 빠졌던 심원 패롯스의 하위 타선을 이끌고 있었다.

물론 굳이 흠을 찾자면 없지는 않았다.

투수 리드 측면에서 미숙한 부분을 드러냈고, 장타력도 부족한 편이었다.

"그래도… 나보다는 낫군!"

강만호가 고소(苦笑)를 머금었다.

부상 이전과 부상 이후.

자신의 경기력은 극명하게 대비됐다.

부상 이후 그라운드에 복귀했을 당시, 자신의 경기력은 엉망진창이었다.

수비와 공격.

양측 면에서 모두 형편없는 모습을 보였다.

감히 포지션 라이벌이라고 생각하지도 않았던 용덕수에게 주전 자리를 빼앗겨도 할 말이 없을 정도였다.

"이러다가… 진짜 완전히 밀려나는 것 아냐?"

본인의 몫 이상을 충분히 해내고 있는 용덕수의 활약이 계속 이어지자, 점점 더 초조한 마음이 드는 것은 어쩔 수 없었다.

자칫 잘못하면 주전 경쟁에서 밀려날 수도 있다는 우려.

아니, 좀 더 정확히 말하면 이미 주전 경쟁에서 밀린 상황이었다.

원래 자신의 것이었던 포수 마스크를 다시 용덕수에게서 빼앗아야 하는 입장이었다.

그렇지만 문제는 그게 쉽지 않다는 것이었다.

용덕수는 부진에 빠질 기미가 보이지 않았고, 자신의 경기력도 크게 나아질 기미가 보이지 않았기 때문이다.

"강만호, 준비해!"

심각한 표정으로 용덕수를 지켜보고 있던 강만호는 이철승 감독의 부름을 받고서야 상념에서 깨어났다.

"네?"

처음에는 잘못 들은 줄 알았다.

그렇지만 잘못 들은 것이 아니었다.

"대타자로 나선다."

"대타자… 요?"

강만호가 표정을 와락 일그러뜨렸다.

대타자로 경기에 나설 것이라고는 전혀 예상치 못했기 때문이다.

엉겁결에 준비를 마치고 타석으로 향했다.

우우.

우우우!

대타 요원으로 낙점받아 타석으로 걸어가고 있던 강만호의 귓가로 홈 팬들의 야유 소리가 들려왔다.

그 야유 소리를 듣는 순간, 서운함과 불쾌한 감정이 동시에 들었다.

오래간만의 경기 출전.

선발 출전이 아니라, 대타자로 경기에 출전하는 것으로 인해 이미 기분이 상해 있는 상황이었다. 그런데 홈 팬들에게서 야유까지 들으니 더욱 기분이 더러웠다.

'내가 뭘 그렇게 잘못했다고 이러는 거야?'

일부러 부상을 당했던 것이 아니었다. 그리고 부상 복귀 후에 부진한 것도 어쩔 수 없는 부분이었다.

'조금 더 진득하게 기다려 주면 좋을 것을!'

이철승 감독에게도, 또 팬들에게도 자꾸 서운한 감정이 들었다. 그래서 타석에 들어선 강만호가 지그시 입술을 깨물었다.

'조용하게 만들어주마!'

보란 듯이 큰 것 한 방을 날려서 지금 자신에게 야유를 보내고 있는 일부 홈 팬들의 입을 다물게 만들고 싶었다.

슈아악!

마침 지미 하워드는 초구로 몸 쪽 높은 코스의 직구를 던졌다.

'내가 리그 최고의 공격형 포수인 강만호다!'

자신이 아직 건재하다는 사실을 이번 기회에 증명하고 싶다는 욕심에 사로잡힌 강만호가 망설이지 않고 배트를 내밀었다.

딱!

경기를 일거에 뒤집는 장타를 노렸는데.

타구는 멀리 뻗지 않았다.

하늘 높이 솟구친 타구가 내야를 벗어나지 못했음을 알아챈 강만호가 1루로 뛰어가는 대신 배트를 바닥에 내려쳤다.

'빌어먹을!'

포구 지점을 예측한 대승 원더스의 2루수가 콜을 외쳤다. 그리고 2루수가 포구하는 것을 가만히 선 채로 지켜보던 강만호가 몸을 돌려 더그아웃으로 걸어갔다.

우우!

우우우!

한층 거세진 홈 팬들의 야유 소리가 강만호의 등 뒤로 따라붙었다.

뜻대로 되지 않는 것이 야구였다.

잘하려 하면 할수록, 점점 꼬여만 가는 느낌이랄까.

묵직한 돌덩이가 내려앉은 것처럼 가슴이 답답했다.

비어버린 잔을 채우기 위해서 강만호가 양주병을 향해 손을 뻗었다. 그리고 무심코 양주병을 들어 올리려 했지만, 뜻대로 되지 않았다.

불현듯 이상함을 느끼고 고개를 돌렸던 강만호의 눈에 양주병을 잡고 있는 누군가의 손이 보였다. 그 손의 주인이 김대희라는 사실을 뒤늦게 깨달은 강만호가 의아한 시선을 던졌다.

"선배. 제가 여기 있는 건 어떻게 알고 찾아오셨어요?"

"발품 좀 팔았지."

"네?"

"어차피 네가 혼자서 술 마실 곳이야 뻔하니까."

김대희는 이 호텔 바를 비롯해서 강만호가 자주 찾아가는 술집들을 알고 있었다. 그래서 고개를 끄덕인 강만호가 입을 뗐다.

"마침 잘 오셨어요. 혼자 마시기 적적했거든요. 오신 김에 같이 한잔하시죠. 여기 잔 하나 더!"

"난 됐다."

"왜요?"

"술 생각이 없어."

김대희의 반응이 평소와는 달랐다. 그래서 강만호가 서운한 표정을 짓고 있을 때, 김대희가 양주병을 들어 올렸다.

"대신 한 잔 따라주마."

빈 잔을 채운 김대희가 불쑥 물었다.

"술맛, 없지?"

"네? 어떻게 아셨어요?"

"나도 겪어봤거든."

"……?"

"혼자 마시는 술맛이 좋을 리가 없지."

김대희의 말대로였다. 바 테이블에 앉아서 혼자 마시는 술은 평소보다 훨씬 더 쓰게 느껴졌다.

그래서 예고 없이 등장한 김대희가 더 반가웠는데.

함께 술잔을 기울여 주지 않는 김대희에게 서운한 표정을 짓던 강만호가 이내 쓴웃음을 머금었다.

동병상련(同病相憐)이랄까.

자신과 김대희는 불과 얼마 전까지만 해도 비슷한 처지였다. 그렇지만 지금은 상황이 많이 달라졌다.

부상 후유증으로 인해 올 시즌 내내 부진하며 팬들의 비난을 받았던 김대희는 리그 후반기에 들어서며 백팔십도 바뀌었다.

마치 다른 사람이 된 것처럼 타석에서 맹타를 휘두르면서 다시 예전 기량을 빠르게 회복하고 있었다.

반면 자신은 부상 복귀 후에도 여전히 슬럼프에서 벗어나지 못하며 용덕수와의 주전 경쟁에서도 밀린 상황이었다.

"만호야."

"네."

"술맛이 없는 진짜 이유를 알려줄까?"

"뭡니까?"

"야구를 못해서야."

강만호가 표정을 굳혔다.

자신도 이유를 알고 있었다. 하지만 김대희가 이렇게 직설적으로 말할 것이라고는 예상치 못했기 때문에 무척 당혹스러웠다. 그러나 김대희는 자신의 표정 변화에 아랑곳하지 않고 말을 이었다.

"그래서 나는 술을 줄였어. 그렇지만 너는 나와 성향이 다르니까 술을 줄이거나 끊지는 못할 거야."

"……"

"그렇다면 남은 방법은 하나뿐이지. 다시 술맛이 좋아지도록 만들어야 해."

"야구를… 잘해라?"

"정답이야."

강만호가 쓰디쓴 웃음을 흘렸다.

김대희의 말처럼 답은 이미 정해져 있었다. 그렇지만 문제는 야구를 잘하는 것이 쉽지 않다는 것이었다.

아까도 말했듯이 야구는 뜻대로 되는 것이 아니었으니까.

"내가 도와줄까?"

"네?"

"다시 술맛이 좋아질 수 있도록 내가 도와주겠다는 뜻이야."

"어떻게요?"

강만호가 의아한 시선을 던지고 있을 때, 김대희가 내용물이 절반 이상 남아 있던 양주병을 들어 올렸다.

"아가씨!"

"네?"

"이거 키핑해 주세요."

"알겠습니다."

양주를 키핑하기 위해 바텐더가 다가왔다. 강만호가 제지할 틈도 없이 양주병을 바텐더에게 건넨 김대희가 제안했다.

"나가자."

"갑자기 어딜 가시려는 건데요?"

서둘러 밖으로 나갈 채비를 하는 김대희에게 강만호가 물었다. 그 질문을 받은 김대희가 웃으며 대답했다.

"술 깨러."

*　　　　　*　　　　　*

"쓰네!"

이철승이 위스키가 담긴 잔을 탁자 위에 내려놓으며 인상을 썼다.

후반기가 시작되고 나서 연승을 달리고 있을 때는 위스키가 그리 쓰지 않았다. 오히려 달짝지근하다는 느낌이 들기도 했었는데.

다시 술이 쓰게 느껴지기 시작했다.

7승 2패.

비록 대승 원더스와의 3연전에서 루징 시리즈를 기록하기는 했지만, 후반기에 접어든 후 심원 패롯스가 기록하고 있는 성적이 나쁜 편은 아니었다.

실제로 후반기에 치렀던 9경기 성적만 놓고 보면 심원 패롯스는 10개 구단 가운데 단독 1위였다.

그럼에도 불구하고 위스키가 다시 쓰게 느껴지는 것은 프로야구 감독의 숙명이었다.

성적이 좋으면 좋은 대로.

또, 성적이 나쁘면 나쁜 대로.

단지 경중(輕重)의 문제일 뿐, 프로야구 감독에게는 어떤 식으로든 고민이 존재하게 마련이었다.

"이러니 수명이 줄어들 수밖에."

이철승이 쓰게 웃었다.

심원 패롯스가 후반기에 접어들며 기대 이상의 호성적을 거두고 있음에도 이철승이 술을 마시는 이유.

크게 두 가지 때문이었다.

첫 번째 이유는 대승 원더스와의 3연전을 치르면서 심원 패롯스의 약점이 고스란히 드러났기 때문이다.

김대희가 타석에서 부활하고, 용덕수가 공수에서 기대 이상의 활약을 펼치면서 7연승을 달리는 데 큰 역할을 해주었다. 그렇지만 상하위 타선의 불균형이라는 심원 패롯스의 약점은 여전히 해소되지 않고 남아 있었다.

7번 타순과 9번 타순을 맡고 있는 조용기와 임태규의 부진!

팀이 잘나갈 때는 가려졌던 약점이 연패에 빠지자 마치 기다렸다는 듯이 다시 수면 위로 부상했다.

"이건 해결이 어려운 문제야."

이철승이 한숨을 내쉬었다.

조용기와 임태규의 타격 부진!

금세 해결할 수 있는 문제가 아니었다.

마땅한 백업 요원이 없었기 때문이다.

유일한 해법은 현재 재활의 마무리 단계에 있는 외국인 타자 헨리 소사가 돌아올 때까지 기다리는 것이었다.

"이럴 때 승부처에서 믿고 내보낼 수 있는 대타 요원이라도 있으면 좋을 텐데."

이철승의 고민이 깊어졌다.

헨리 소사가 재활을 마치고 복귀할 때까지 마냥 손 놓고 기다릴 수는 없었다.

지금 필요한 것은 승부처에서 조용기나 임태규를 대신해 믿고 내보낼 수 있는 대타 요원이었다. 그러나 현재 심원 패롯스에는 승부처에서 믿고 내보낼 수 있는 대타 요원이 존재하지 않았다.

이승열과 윤두준, 그리고 강만호까지.

그동안 대타자로 가용할 수 있는 선수들을 차례로 경기에 내보내 보았지만, 그 결과는 신통치 않았다.

"박 단장은 어찌 상대해야 할까?"

이철승이 재차 한숨을 내쉬었다.

그가 술잔을 기울이며 불면의 밤을 보내고 있는 또 하나의 이유는 삐걱대는 프런트와의 관계 때문이었다.

감독과 프런트의 갈등.

그 중심에 있는 것은 강만호였다.

연승을 달리고 있을 때만 해도 프런트는 아무 움직임이 없었다. 그러나 연승이 끊기고 연패에 빠지자마자, 프런트의 움직임이 시작됐다.

"관중 동원력이 있는 프랜차이즈 스타이자 팀 내 연봉 서열 2위인 강만호를 계속 기용하지 않을 겁니까?"

단장인 박순길로부터 은근한 압박이 들어왔다.

"우려했던 바가 현실이 된 셈이군."

부상에서 복귀한 후 함께 부진의 늪에 빠졌던 강만호와 김대희는 심원 패롯스의 불안 요소였다.

그래서 극단적인 방법까지 동원해서 강만호와 김대희를 라인업에서 배제했다. 덕분에 후반기가 시작되자마자 심원 패롯스는 가파른 상승세를 탈 수 있었지만, 이철승의 불안감은 가시지 않았다.

머잖아 프런트로부터 압박이 있을 것을 예상했기 때문이다.

지난 경기 승부처에서 대타자로 이승열이 아닌 강만호를 투입했던 이유 역시 프런트의 압박으로 인한 부담감 때문이었다.

그렇지만 강만호를 대타자로 투입한 결과는 경기 내적으로는 물론이고, 경기 외적으로도 좋지 않았다.

경기 내적으로는 내야플라이를 쳐서 아까운 기회를 무산시켰고, 경기 외적으로도 강만호를 대타자로 투입한 것만으로 프런트의 불만을 달래기에는 역부족이었기 때문이다.

"이 문제는 대체 어떻게 해결해야 할까?"

이철승이 위스키 잔을 들어 입으로 가져갔다.

그런 그가 떠올린 것은 김태식이었다.

"프런트와의 갈등을 해결할 방안도 갖고 있습니다."

당시에 김태식이 자신 있는 목소리로 꺼냈던 이야기였다.

반신반의하면서도 내심 기대를 갖고 있었는데.

"이건 김태식이 해결할 수 있는 부분이 아냐!"

이철승이 절레절레 고개를 내저었을 때였다.

똑똑.

노크 소리가 들려왔다.

"이 시간에 또 누구지?"

문을 연 이철승이 야심한 시각의 방문자를 확인하고서 두 눈을 살짝 치켜떴다.

8. 복채

"여긴… 왜 오신 겁니까?"

김대희가 걸음을 멈추는 것을 확인한 강만호가 의아한 시선을 던졌다.

깡! 까앙!

알루미늄 배트와 야구공이 부딪히는 타격음이 요란하게 흘러나오는 곳은 실외 야구 연습장이었다.

동전을 넣고 피칭머신을 상대하는 연습장!

"아까 말했잖아. 술 깨러 가자고."

"……?"

"땀을 빼는 것만큼 술 깨기 좋은 방법은 없거든."

김대희의 대답을 들은 강만호가 미간을 찌푸리며 다시 입을 뗐다.

"술 별로 안 마셨습니다."

"아까 보니까 위스키병을 절반 정도 비웠던데?"

"그 정도론 끄떡없습니다. 선배도 제 주량 아시잖아요? 게다가 아까 커피숍에 들러서 차까지 마셨고. 술은 진즉에 다 깼습니다."

"진짜 다 깼단 말이지?"

김대희가 웃으며 되물었다.

왜일까?

의미심장한 웃음을 입가에 머금고 있는 김대희를 발견한 순간, 강만호는 문득 불안한 느낌이 들었다.

꼭 덫에 걸려든 느낌이랄까.

"그럼 기왕 여기까지 왔으니 내기나 할까?"

"내기… 요?"

"그래. 내기."

"무슨 내기요?"

"이걸로 승부를 보자고."

김대희가 턱짓으로 가리킨 것은 실외 야구 연습장이었다.

"연습 없이 바로 실전으로 들어가는 걸로. 참고로 오백 원

넣으면 피칭머신에서 열두 개의 공이 날아와. 그건 알지?"

"네? 네."

"각자 한 번씩 차례로 타석에 들어서고, 더 많은 정타를 때려내는 사람이 내기에서 이기는 것으로, 어때?"

그다지 내키지 않았다. 그래서 강만호가 막 거절하려고 했을 때였다.

"왜? 자신 없어?"

어쩌면 술기운 때문일지도 몰랐다.

김대희가 불쑥 던진 자신 없냐는 말을 들은 순간, 뱃속 깊숙한 곳에서부터 승부욕이 치밀어 올랐다.

'참자!'

그렇지만 강만호는 애써 그 승부욕을 억눌렀다.

대체 이게 무슨 의미가 있는가 하는 생각이 들었기 때문이다.

그때였다.

"어, 김대희 아냐?"

"강만호도 있어."

"여기는 무슨 일이지?"

"혹시 여기서 대결하려는 거 아니야?"

"에이, 프로 선수가 설마."

"그래도 하면 진짜 재밌겠다."

"진짜 프로야구 선수는 야구 연습장에서 얼마나 잘 칠까? 늘 궁금했는데 잘하면 오늘 볼 수 있는 거 아냐?"

현역 프로야구 선수.

그것도 인지도가 있는 스타플레이어인 김대희와 강만호가 야구 연습장에 모습을 드러내자, 시민들이 우르르 모여들기 시작했다.

순식간에 주변으로 몰려든 구경꾼들 탓에 강만호가 난감한 표정을 지은 반면, 김대희의 입가에 머물러 있던 웃음은 짙어졌다.

"어때? 우리의 대결을 구경하기 위해서 여기 모인 사람들의 기대를 배신해서야 되겠어?"

"그렇지만……."

"너무 심각하게 생각할 필요 없잖아. 그냥 재미 삼아 한번 해 보자고."

"알겠습니다. 그럼 한번 해보죠."

구경하기 위해 몰려든 사람들의 시선은 호기심과 기대감이 깃들어 있었다. 그것을 확인한 강만호가 더 버티지 못하고 김대희의 제안을 승낙했다.

"아까 내기라고 하셨죠?"

"그래."

"뭘 거실 겁니까?"

"뭐가 좋을까?"

잠시 고민하던 김대희가 말했다.

"내기에서 진 사람이 이긴 사람의 부탁을 하나 들어주는 걸로 하는 게 어때?"

"어떤… 부탁이요?"

"그건 이긴 사람 마음이지."

"알겠습니다. 제가 먼저 하겠습니다.

강만호가 고개를 끄덕인 후, 연습장 안으로 들어갔다.

비치되어 있는 알루미늄 배트를 들고 연습 삼아 가볍게 휘둘러 본 강만호가 동전을 넣기 전에 고개를 돌렸다.

찰칵! 찰칵!

휴대전화에 장착된 카메라로 사진을 찍는 사람들.

친구나 연인, 가족과 통화하면서 흥분한 목소리로 자신과 김대희의 대결에 대해 알리는 사람들.

아예 동영상을 촬영하고 있는 사람들까지.

각양각색인 구경꾼들의 반응을 살피던 강만호가 쓰게 웃었다.

'이게 지금 뭐 하는 짓이지?'

엉겁결에 김대희와 내기를 하고 야구 연습장 안으로 들어와 타석에 서고 나자, 비로소 현실감각이 돌아왔다.

꼭 동물원 우리 안에 갇힌 원숭이 신세가 된 느낌이랄까.

'그런데… 이게 뭐라고 긴장되는 거지?'

더 웃기는 것은 야구 연습장의 타석에 서 있는 지금 이 순간이 무척 떨린다는 것이었다.

수많은 관중들 앞에서 실전 경기를 치를 때나 느낄 수 있었던 긴장감이 밀려든 순간, 강만호가 이를 악물었다.

'기왕 시작했으니까 이겨야지!'

강만호가 특유의 승부욕을 불태우기 시작했다.

딸칵!

동전을 밀어 넣은 강만호가 타격 준비를 시작했다.

슈아악!

그리고 예열을 마친 피칭머신이 첫 번째 공을 뱉어낸 순간, 강만호가 힘차게 배트를 휘둘렀다.

팅!

알루미늄 배트로 공을 때린 순간 흘러나온 타격음.

손바닥에 전해지는 저릿함을 느끼며 강만호가 인상을 구겼다.

원하던 타격음이 아니었다.

정타가 되지 못한 타구는 뒤로 밀렸다.

'뭐가… 이렇게 빨라?'

예상했던 것보다 피칭머신이 뿜어내는 공의 속도는 더 빨랐다. 그래서 배트 타이밍을 맞추지 못한 타구는 뒤 그물을 때리고 떨어졌다.

무척이나 당혹스러웠다. 그렇지만 그 당혹감을 어떻게 수습할 시간도 없었다.

야구 연습장에 설치되어 있는 피칭머신은 강만호에게 생각할 시간도 주지 않고 바로 다음 공을 뿜어냈다.

슈아악!

깡!

아까와는 다른 타격음이 흘러나왔다. 좀 더 정확한 타이밍에 타구가 배트에 걸렸지만, 역시 정타는 아니었다.

배트의 끝부분에 맞은 타구는 뜨지 않고 옆으로 굴러갔다.

"에이!"

"뭐야? 프로야구 선수도 별거 없네!"

"나보다 더 못하는 것 같은데?"

"우우!"

야유가 섞인 구경꾼들의 비아냥이 강만호의 귓가로 파고들었다.

그 야유와 비아냥으로 인해 강만호의 마음이 더욱 조급해졌다.

자칫 잘못하면 큰 망신을 당할 수도 있다는 위기감이 깃든 순간, 강만호는 오롯이 타석에서 집중하기 시작했다.

슈아악!

3구째로 들어오는 공을 노려보던 강만호가 힘껏 배트를 휘둘렀다.

깡!

스윙을 마친 강만호가 미간을 찡그렸다.

역시 빗맞은 타격음!

타석에서 제대로 집중한 채 스윙을 했음에도 불구하고, 흘러나온 타격음이 마음에 들지 않았다.

'왜지?'

아까와는 달리 배트 타이밍이 이번에는 너무 빨랐다. 그 이유를 파악하기 위해 애쓰던 강만호의 시선이 손에 들려 있는 알루미늄 배트로 향했다.

'가볍다!'

알루미늄 배트를 사용한 것은 무척 오랜만이었다.

알루미늄 배트가 손과 몸에 익지 않았기 때문에 강만호가 예상했던 것보다 배트 타이밍이 더 빨랐던 것이었다.

"잔뜩 기대했는데 뭐야?"

"진짜 나보다 못하는데."

"헐, 대박이다!"

"야, 대박이 아니라 쪽박이지!"

"우우!"

야유 소리와 비아냥대는 목소리가 더욱 커졌다. 그렇지만 강만호는 거기에 신경을 쓸 겨를조차 없었다. 피칭머신이 쉬지 않고 뿜어내는 공을 상대하는 것만으로도 벅찼기 때문이다.

'좀 더 천천히!'

강만호가 심호흡을 하며 여유를 갖기 위해 애썼다.

슈아악!

까앙!

이번에 흘러나온 타격음을 지난 세 번의 타격과 달랐다.

마침내 타이밍이 들어맞으며 원하던 타격음이 흘러나온 순간, 초조한 기색이 묻어나던 강만호가 여유를 되찾았다.

'됐다!'

강만호도 명색이 프로야구 선수였다.

평소 훈련하던 장소와는 달리 어두운 조명, 낯선 피칭머신, 손에 익지 않은 알루미늄 배트 등등.

여러 가지 낯선 환경으로 인해 초반에 잠시 헤매긴 했지만, 일단 적응을 마치고 나자 거칠 것이 없었다.

까앙! 까앙!

경쾌한 타격음이 잇따라 터져 나왔다.

잔뜩 집중한 채 전방을 주시하던 강만호는 더 이상 피칭머신이 공을 내뿜지 않는다는 사실을 깨닫고야 12개의 공을 모두 상대했음을 인지했다.

후우!

강만호가 하얀 입김을 뿜어냈다.

12개 가운데 9개!

피칭머신을 상대로 정타를 날린 개수였다.

그리 만족스럽지는 않았다. 그렇지만 여러 가지 악조건들을 감안하면, 아주 나쁘지도 않은 결과였다.

'잘하면 내기에서 이길 수 있지 않을까?'

조건은 동일했다.

그런 만큼 김대희 역시 낯선 환경들에 적응하기 위해서는 분명히 어느 정도 시간이 걸릴 터였다. 그런 이유로 내심 대결에서 이길 수도 있다는 생각을 강만호가 품었을 때였다.

"와아, 그물 찢어지는 줄 알았다!"

"진짜 선수 맞네. 어디가 달라도 다르네."

"썩어도 준치란 속담, 틀리지 않구만!"

"와아아!"

야유가 환호로 바뀌었다는 사실을 뒤늦게 깨닫고 안도한 강만호가 빙글 몸을 돌리며 입을 뗐다.

"이번에는 선배 차례입니다."

*　　　　*　　　　*

"제 예상대로네요."

감독실로 들어선 후 약 1/3가량의 내용물이 남아 있는 위스키병을 확인한 태식이 입을 뗐다.

"무슨 소리야?"

"술을 드시고 계실 줄 알았습니다."

태식이 희미한 웃음을 머금은 채 대답하자, 흠칫 신형을 편 이철승 감독이 고개를 절레절레 흔들며 말했다.

"가끔씩 네가 부럽다."

"네?"

"아주 족집게가 따로 없어. 차라리 돗자리를 펴지 그래? 야구 그만둔다고 해도 절대로 굶어 죽진 않을 것 같은데."

이철승의 이야기를 듣고서 태식의 입가에 머물러 있던 웃음이 짙어졌다.

비꼬는 것이 아니었다. 그의 말에는 진심이 담겨 있었다. 그동안 태식이 마치 이철승 감독의 속내를 꿰뚫어 보는 것처럼 대화를 주도했던 것이 영향이 컸다.

놀란 기색이 역력한 이철승 감독을 마주한 순간, 애써 누르고 있던 장난기가 불쑥 튀어 올랐다.

"더 놀라게 해드릴까요?"

"응?"

"내친 김에 감독님이 지금 어떤 고민을 하고 계신지 맞춰보겠습니다."

"그거 재밌겠네."

예상대로 흥미를 드러내는 이철승 감독을 확인한 태식이 오른손의 손바닥을 펼치고 앞으로 내밀었다.

"그 손은 뭐야?"

"복채 주셔야죠."

"뭐? 복채?"

"세상에 공짜가 어디 있겠습니까?"

태식이 당당하게 대꾸하자, 이철승 감독이 마지못한 표정으로 뒷주머니에서 가죽 지갑을 꺼냈다.

"복채가 얼마냐?"

"좀 비쌉니다."

"오만 원? 십만 원?"

지갑에서 오만 원권 지폐를 꺼내면서 질문을 던지는 이철승 감독에게 태식이 고개를 흔들었다.

"좀 비싸다고 말씀드렸습니다."

"더 비싸다고? 그럼 얼마나 내야 하는데?"

"저는 복채를 현금으로 받지 않습니다."

"그럼? 신용카드로 결제라도 해야 하는 거냐?"

"그럴 리가요. 그냥 나중에 제 부탁 하나만 들어주시면 됩니다."

"어떤 부탁?"

"그건 아직 정하지 않았습니다. 나중에 말씀드리겠습니다."

"뭐, 알았다."

"녹음했습니다. 그러니까 약속 지키셔야 합니다."

"알았다니까, 얼른 말하기나 해."

마음이 급하기 때문일까?

이철승 감독이 재촉하는 것을 듣고 태식이 더 애태우지 않고 입을 뗐다.

"대승 원더스와 3연전을 치르는 과정에서 드러난 우리 팀의 약점을 어떻게 해결해야 할까? 이런 고민을 하고 계셨을 겁니다. 맞습니까?"

"그래. 맞아."

"아마 이게 전부가 아닐 겁니다. 만호를 경기에 내보내라는 프런트의 은근한 압박도 감독님의 고민에 일조했을 겁니다. 이번에도 맞습니까?"

"아까도 말했듯이 이참에 돗자리를 펴지 그래? 지금 받는 연봉보다 훨씬 더 벌 것 같은데. 아주 귀신이 따로 없구만."

이철승 감독이 졌다는 표정으로 고개를 끄덕인 순간, 태식이 웃으며 덧붙였다.

"복채를 받기로 했으니 그 값은 하겠습니다."

"응?"

"감독님의 고민을 해결해 드리겠습니다."

"정말… 해결할 방법이 있나?"

"네, 있습니다. 아니, 이미 감독님의 고민을 해결해 드리기 위해서 작전을 진행하고 있는 중입니다."

"작전을 진행하고 있는 중이라고?"

영문을 모르겠다는 표정을 짓고 있는 이철승 감독에게 태식이 손목시계를 흘깃 살핀 후 말했다.

"지금쯤이면… 승부가 났을 겁니다."

9. 내기에서 진 이유

"김대희, 파이팅!"

"기대 만땅!"

"그물 찢어버려요."

김대희가 야구 연습장 안으로 들어선 순간, 구경하기 위해서 몰려든 시민들이 앞다투어 소리를 질렀다.

응원의 의미가 담긴 고함 소리가 들린 순간, 김대희가 슬쩍 표정을 굳혔다.

'긴장되네!'

밖에서 지켜볼 때와는 또 달랐다.

'만호도 꽤 긴장했겠군!'

먼저 타석에 들어섰던 강만호가 받았을 압박감에 대해 짐작해 보던 김대희가 신중한 표정으로 타석에 들어섰다.

어느새 손바닥은 땀으로 흥건히 젖어 있었다.

땀으로 젖은 손으로 알루미늄 배트를 고쳐 쥐는 김대희가 긴장하고 있는 진짜 이유는 휴대전화를 들어서 사진과 동영상을 촬영하면서 호기심 어린 시선을 던지고 있는 구경꾼들 때문이 아니었다.

강만호와의 대결에서 꼭 이겨야 한다는 부담감이 크기 때문이었다.

'열 개 이상!'

자신보다 먼저 야구 연습장 안으로 들어가서 타격했던 강만호가 날린 정타의 개수는 9개였다.

12번의 기회에서 9개의 정타를 날린 것이었다.

대결의 승패로 내기의 승자를 가리기로 한 만큼, 김대희는 최소 열 개 이상의 정타를 만들어 내야 했다.

위이잉!

덜커덕!

예열을 마친 피칭머신이 공을 뿜어내기 시작했다.

슈아악!

퍽!

첫 번째 공이 날아든 순간, 김대희는 알루미늄 배트를 휘두르는 대신 물끄러미 지켜보기만 했다.

"왜 안 쳤지?"

"공이 너무 빨라서 아예 반응을 못 한 건가?"

"프로 선수가 뭐 저래?"

"에이, 얼었다!"

김대희가 첫 번째 공을 그대로 흘려보내자, 구경하고 있던 사람들이 웅성이는 소리가 들려왔다.

대결에서 이겼다고 확신하기 때문일까?

득의만만한 표정을 짓고 있는 강만호를 힐끗 살핀 김대희가 다시 타석에서 집중하기 시작했다.

슈아악!

깡!

두 번째 공은 그냥 흘려보내지 않고 김대희가 배트를 휘둘렀다. 그러나 타이밍이 조금 빨랐다.

빗맞은 타구는 옆그물을 때리고 떨어졌다.

이제 남은 공의 개수는 10개.

김대희가 이번 대결에서 승리하기 위해서는 모두 정타를 만들어야 했다.

"프로 선수도 별거 없네."

"나도 직장 때려치우고 야구나 할까?"

"밥 먹고 야구만 하는데 저거밖에 못 하나?"

구경하던 사람들이 비아냥거리는 소리가 늘어난 순간, 피칭 머신에서 세 번째 공이 쏘아져 나왔다.

슈아악!

공이 홈 플레이트 근처에 도달할 때까지 미동도 하지 않고 기다렸던 김대희가 벼락같이 알루미늄 배트를 돌렸다.

까앙!

완벽한 타이밍에 타구가 걸렸다.

그물을 찢을 듯이 맹렬한 기세로 날아가는 타구를 확인한 구경꾼들이 일제히 입을 다물었다.

까앙! 까앙!

어느 순간부터 조용하게 변한 야구 연습장에는 고막을 찢을 듯한 경쾌한 타격음만이 들려왔다.

드르륵. 툭!

그 침묵이 깨진 것은 김대희가 피칭머신을 상대하는 것을 마치고 난 후였다.

"와! 진짜 잘한다!"

"그물 찢어지는 줄 알았어."

"야, 그물 진짜 찢어졌어."

"그물만 찢어진 거 아냐. 공도 다 터졌어!"

놀란 구경꾼들이 감상평을 꺼내놓는 것을 들으며 김대희가 연습장을 빠져나왔다.

구경꾼들의 이야기는 대부분 사실이었다.

공이 터진 것은 물론이고, 그물도 찢어지진 않았지만 벌어져 있었다.

김대희가 날린 열 개의 정타는 모두 똑같은 코스로 날아갔고, 강한 충격이 이어지자 그물이 너덜너덜해지면서 벌어진 것이었다.

"선배. 제가 졌습니다."

"그래. 일단 나가자."

가볍게 목례를 하며 환호에 화답한 김대희가 구경꾼들에게 둘러싸이기 전에 강만호를 이끌고 도로로 나왔다.

"이제 술 한잔할까?"

"술이요?"

"그래. 아까 내기에서 졌잖아. 술 한잔 사."

군말 없이 고개를 끄덕이는 강만호와 함께 김대희가 택시에 올랐다.

"여기서… 드실 건가요?"

김대희가 강만호를 이끌고 찾아간 곳은 숙소 근처의 작은 호프집이었다.

얼마 전에 김태식과 함께 찾았던 호프집.

내기에서 이겼으니 좀 더 비싼 곳을 찾을 것이라 예상했던 강만호는 허름하고 작은 호프집을 확인하고 의아한 시선을 던졌다.

"그래. 여기서 마실 거야."

"하지만……."

"여기 생맥주 맛이 괜찮아. 그리고 조용해서 대화하기도 좋고."

김대희가 영 마뜩찮은 표정을 짓고 있는 강만호의 팔을 잡아끌고서 호프집 안으로 들어갔다.

지난번에 김태식과 함께 찾아왔을 때와 마찬가지로 호프집 안에는 손님이 아무도 없었다. 구석진 탁자에 자리를 잡고 앉은 김대희는 주인에게 후라이드 치킨과 생맥주 두 잔을 주문했다.

"어때? 대화를 나누기에 딱 좋은 곳이지 않아? 손님이 없어서 지난번처럼 취객에게 일장 훈계를 들을 염려도 없고 말이야."

"뭐, 그건 그렇네요."

씁쓸한 웃음을 머금은 채 강만호가 대꾸했다. 주문했던 생맥주 두 잔이 먼저 도착하고 나서야 김대희가 본론으로 들어갔다.

"아까 대결에서 네가 왜 졌는지 알아?"

"그건… 운이 없어서였죠."

"운이 없어서 졌다?"

"네."

그 대답을 들은 김대희가 빙긋 웃었다. 자존심이 무척 강한 강만호에게 딱 어울리는 대답이라는 생각이 들어서였다.

"틀렸어. 운이 없어서 졌던 게 아냐."

"실력 차이 때문이라는 겁니까?"

"그것도 아냐."

"그럼 제가 아까 대결에서 진 이유가 대체 무엇입니까?"

"서둘렀기 때문에 진 거야."

김대희가 힘주어 대답했다.

말뜻을 제대로 이해하지 못한 표정을 짓고 있는 강만호를 힐끗 살핀 김대희가 부연 설명을 덧붙였다.

"아까 대결을 펼치던 너와 나의 차이를 생각해 봐. 뭐가 차이였던 것 같아?"

"모르겠습니다."

"그럼 내가 알려주지. 초구였어."

"초구… 요?"

"그래. 야구 연습장에서 피칭머신을 상대할 때 넌 초구부터 배트를 내밀었어. 그렇지만 나는 초구를 그냥 지켜보며 흘려보냈지."

기억이 난 걸까?

생맥주를 한 모금 마신 강만호가 고개를 끄덕일 때, 김대희가 다시 입을 뗐다.

"내가 초구에 배트를 내밀지 않고 그냥 지켜봤던 이유는 타이밍을 계산하기 위해서였어. 일단 피칭머신의 구속을 내 눈으로 직접 확인해야만 제대로 공략할 수 있었을 것 같았거든. 그리고 두 번째 공을 상대할 때도 정타를 만들어낼 생각이 없었어. 초구를 지켜보면서 구속은 확인했고, 두 번째 공에 스윙을 할 때는 가벼운 알루미늄 배트를 휘두를 때 나의 배트 스피드를 확인했던 거지. 그렇게 분석을 마친 덕분에 세 번째 공을 상대할 때부터 정타를 만들어낼 수 있었던 거지."

"……"

"평소 훈련을 하던 연습장보다 훨씬 어두운 조명, 그라운드와는 다른 엉성한 홈 플레이트, 익숙하지 않은 피칭머신, 그리고 손에 익지 않은 가벼운 알루미늄 배트까지. 아까 대결을 펼치던 당시의 환경은 온통 낯선 것들 투성이였지. 그래서 서두르지 않고 먼저 적응하려고 했고, 그것이 내가 너와의 대결에서 간발의 차로 이길 수 있었던 요인이었어."

강만호가 비로소 납득한 표정으로 잔을 내려놓을 때, 김대희가 기회를 놓치지 않고 말을 이었다.

"내가 길었던 슬럼프에서 간신히 벗어날 수 있었던 요인도 비슷해."

"그게 무슨 말씀이세요?"

"그라운드에서 뭔가를 보여줘야 한다는 생각 때문에 늘 쫓기는 심정이었지. 그래서 자꾸 서둘렀고. 그런데 이제는 생각이 달라졌어. 이전과 달리 서두르지 않은 덕분에 슬럼프에서 벗어날 수 있었다는 뜻이야."

"좀 더… 자세히 설명해 주실 수 있으세요?"

'태식 선배 말이 맞았네!'

관심 없는 척하면서도 흥미를 드러내고 있는 강만호의 반응을 확인한 김대회가 속으로 혀를 내둘렀다.

내가 너보다 선배다. 선배로서 네가 슬럼프에서 벗어날 수 있는 방법에 대해 알려줄 테니 귀를 쫑긋 세우고 경청해라.

만약 이런 식으로 접근했다면 어떻게 됐을까?

자존심이 강한 강만호는 절대 귀담아들으려 하지 않았을 터였다.

그렇지만 김태식의 조언대로 접근 방식을 달리한 덕분에 상황이 바뀌었다.

"일단 부상의 후유증이 남아 있음에도 불구하고 너무 복귀를 서둘렀어. 그리고 내 몸 상태가 부상을 당하기 이전과는 다르다는 것을 인정하고 받아들이지 못했어. 그런 몸 상태로 경기에 나서니 타석에서는 배트 스피드가 떨어졌고, 수비를 할 때나 주루 플레이를 할 때도 부상 재발에 대한 두려움 때문에 자꾸 움츠러들었지. 결국 내가 먹튀가 아니라는 사실을 증명하기 위해서, 또 우리 팀을 위해서 한시라도 빨리 내가 제 기량을 되찾아서 어떤 역할을 해야 한다는 조급증이 슬럼프에 빠지게 된 원인이었어. 그 사실을 뒤늦게 깨닫고 나서, 생각을 바꾸었어."

"어떻게요?"

"시즌은 길다. 지금이라도 빨리 슬럼프에서 빠져나오는 것이 우리 팀을 위하는 길이라는 생각이 퍼뜩 들더라고. 그래서 수비를 포기했어. 그렇게 수비 부담을 덜었더니, 한결 마음이 편해졌어. 덕분에 타석에서 더 집중할 수 있었지."

"그러니까… 저도 서두르지 말라는 뜻입니까?"

"그 전에 할 일이 있어."

"뭡니까?"

"인정해."

"뭘 인정하라는 것입니까?"

"부상 이전과 부상 이후의 네 몸 상태와 경기 감각이 다르다는 것을. 네 슬럼프를 극복하는 것은 거기서부터 시작이니까."

"그렇지만……."

"물론 인정하기 어렵겠지. 나도 그랬으니까. 그런데 만호야.

내가 겪어봤더니 과한 욕심은 결국 독이 되어서 돌아와. 조금은 내려놓고, 지금 네가 가장 잘할 수 있는 것에 집중하는 편이 나아. 그렇게 천천히 한 발씩 내딛다 보면 어느덧 상황이 달라져 있다는 것을 깨닫게 될 테니까."

맥주잔을 노려보며 골몰히 생각에 잠겨 있는 강만호의 표정에 반감은 떠올라 있지 않았다. 자신의 충고가 제대로 먹혀들었다는 것을 직감한 김대희가 안도의 한숨을 작게 내쉬었을 때였다.

"선배처럼 수비를 포기하라는 겁니까?"

"그것도 좋은 방법이 될 수 있겠지."

"그리고 잘하는 것에 집중하라?"

"네가 리그 최고의 공격형 포수라는 것을 잊지 마."

수비 부담을 덜고 가장 잘할 수 있는 타격에 집중하라.

이런 의미가 담긴 충고를 들은 강만호는 어느 정도 납득한 표정이었다.

어렵게 찾아온 기회를 놓치지 않기 위해서 김대희는 미리 준비해서 온 다음 패를 꺼내들었다.

"이거 한번 읽어 봐."

김대희가 스마트폰을 앞으로 내밀었다. 그 스마트폰을 건네받아 살피던 강만호가 미간을 좁히며 물었다.

"이 기사는 뭡니까?"

"우리 팀의 불안 요소를 정확히 지적한 기사지."

<화려한 연승이 끝나자 드러난 이면의 그림자. 심원 패롯스의 어두운 미래>

김대희가 스마트폰 화면에 띄워서 강만호에게 건넨 기사였다.

이 기사를 작성한 송나영 기자는 심원 패롯스의 불안 요소로 두 가지를 꼽았다.

상하위 타선의 불균형, 그리고 결정력!

"나는 이 기사가 핵심을 정확히 짚었다고 생각해. 네 생각은 어때?"

"저도 그렇게 생각합니다."

"그럼 우리 팀의 불안 요소를 해결할 수 있는 방법은 뭐라고 생각해?"

"그건……."

선뜻 대답하지 못하고 말끝을 슬그머니 흐리는 강만호를 응시하던 김대희가 대신 대답을 꺼냈다.

"너야."

"저요?"

"그래. 네가 슬럼프에서 벗어나서 타선에 힘을 실어준다면,

결정력 부족이라는 문제가 해소될 수 있어."

충분히 일리가 있다고 판단한 듯 강만호가 고개를 끄덕였다. 그렇지만 그런 강만호의 표정은 밝지 않았다.

그 이유는 현재 팀 내 사정 때문이었다.

"그럼 저와 선배가 경쟁을 펼쳐야 하는 겁니까?"

"무슨 소리야?"

"지명타자 자리는 하나뿐입니다. 그러니 그 자리를 놓고 경쟁을 해야 하는 게 당연한 것 아닌가요?"

"굳이 그럴 필요가 있을까?"

"하지만……."

"다른 방법도 있어."

"어떤 방법인가요?"

의아한 시선을 던지는 강만호에게 김대희가 대답했다.

"대타자로 경기에 나서는 거야."

10. 임팩트

"대체 무슨 소리를 하는지 알아듣질 못하겠군."

이철승 감독이 답답한 기색을 드러냈다.

어쩌면 당연한 반응이었다.

태식의 설명은 무척 불친절한 편이었으니까.

"어떤 작전을 진행 중이라는 거지?"

살짝 언성을 높이는 이철승 감독을 위해서 태식이 설명을 덧붙였다.

"대승 원더스와 3연전을 통해 드러난 우리 팀의 약점, 그리고 강만호를 경기에 출전시키라는 프런트의 압박! 만약 이 작전이 계획대로 성공한다면, 감독님을 괴롭히고 있는 이 두 가지 문제를 동시에 해결할 수 있을 겁니다."

"그러니까 그 작전이 대체 뭐냐는 거야?"

"만호를 대타자로 기용하는 것입니다."

"만호를 대타자로 기용한다?"

예상치 못했기 때문일까.

이철승 감독은 당황한 기색을 감추지 않고 드러냈다. 그리고 잠시 뒤, 불신 어린 시선을 던졌다.

"이해가 안 되는군. 만호를 대타자로 기용하는 것으로 내가 고민하던 두 가지 문제를 해결할 수 있다고?"

"그렇습니다."

"틀렸어."

이철승 감독이 고개를 가로저었다.

"네가 만호에 대해 잘 모르기 때문에 하는 말이야. 자존심이 강하기로 소문난 만호가 대타자로 경기에 나선다? 내가 아는 만호는 절대 대타자로 경기에 나서는 것에 만족하지 않을 거야. 지난 경기에서 그랬듯이 잔뜩 불만을 품을걸. 그런 상태로 경기에 나서서 과연 제대로 집중할 수 있을까? 그리고 어떤 수를 쓸지는 몰라도 만약 만호를 별다른 불만 없이 대타로 내보낸다고 쳐. 그러나 한 경기에 한 번 등장할까 말까 한 대타자로 만호를 기용하는 것만으로 프런트가 만족할까? 내 생각에는 절대 아닐 것 같은데."

이철승 감독이 우려하는 부분들.

분명히 일리가 있었다.

그렇지만 태식의 생각은 조금 달랐다.

"중요한 건 출전 빈도가 아니라 임팩트라고 생각합니다."

"임팩트?"

"감독님의 말씀처럼 만호는 한 경기, 혹은 두 경기에 한 번 대타자로 타석에 들어서는 것이 고작일 겁니다. 그렇지만 그 타석이 만약 결정적인 승부처라면? 그리고 결정적인 승부처에서 대타자로 나선 만호가 경기의 결과를 뒤집는 적시타라도 때려낸다면 임팩트는 아주 대단할 겁니다."

"……."

"그리고 만약 만호가 대타자로 나서서 좋은 활약을 해준다면 우리 팀이 갖고 있는 약점인 결정력 부족이라는 문제도 자연스레 해소가 될 겁니다."

7번 타순과 9번 타순을 맡고 있는 조용기와 임태규.

조용기와 임태규에게서 공격의 맥이 번번이 끊기며 찬스가 무산된다는 사실을 이철승 감독도 잘 알고 있었다.

"과연… 그렇게 될까?"

확신이 서지 않아서일까?

여전히 불안한 기색을 감추지 못하고 있는 이철승 감독의 시선을 피하지 않은 채 태식이 힘주어 말했다.

"분명히 그렇게 될 겁니다."

상대를 설득하는 데 있어서 가장 중요한 것은 두 가지.

하나는 상대를 설득하려는 사람이 확신을 갖고 있어야 하는 것이었다.

또 하나는 상대에게 꾸준히 신뢰를 심어주어야 하는 것이었다.

태식은 이 두 가지 요건을 모두 충족시켰다.

"그래. 한번 믿어보지."

마침내 이철승 감독을 설득하는데 성공한 태식이 안도의 한숨을 내쉴 때, 이철승 감독이 넌지시 입을 뗐다.

"마지막으로 하나만 더 물어도 될까?"

"말씀하시죠."

"올 시즌이 끝났을 때, 우리 팀의 성적은 어떨까?"

그 질문을 받은 태식이 쓰게 웃었다.

이철승 감독이 자신에게 신기가 있다고 진짜 믿고 있기에 이런 질문을 던진 것이었기 때문이다.

"감독님."

"왜? 우리 팀 성적이 별로야?"

"그게 아니라… 저는 점쟁이가 아니라 프로야구 선수입니다."

"나도 알아. 그냥 한번 물어본 거야."

"아까도 말씀드렸듯이 저는 복채가 비쌉니다."

"김태식!"

"네!"

"나는 네가 속한 팀의 감독이야. 그런데 나한테 바가지 씌울 거야?"

"알겠습니다. 그럼 이번만 특별히 공짜로 해드리겠습니다."

"진작 그랬어야지. 어서 말해봐."

"……."

태식이 선뜻 대답하지 않자, 이철승 감독의 표정에 불안감이 떠올랐다.

올 시즌이 끝났을 때, 심원 패롯스의 성적이 최악이기 때문에 선뜻 대답하지 못한다고 판단했기 때문이다.

그렇지만 태식이 바로 대답하지 않은 이유는 따로 있었다.

기다림이 길어야 원하던 대답을 들었을 때 기쁨이 더 크다는 사실을 잘 알고 있었기 때문이다.

"어서 말해보라니까."

초조함을 이기지 못한 이철승 감독이 대답을 재촉하고 나서야, 태식이 확신에 찬 목소리로 대답했다.

"우승입니다."

　　　　＊　　　　　　＊　　　　　　＊

　심원 패롯스 VS 삼산 치타스.

　현재 리그 7위와 9위의 맞대결이었다.

　후반기가 시작된 후 줄곧 강팀들과 대결을 펼쳤던 심원 패롯스의 이철승 감독은 하위권에 처져 있는 삼산 치타스를 제물로 연패 탈출을 노렸다.

　그렇지만 이철승 감독의 노림수는 빗나갔다.

　두 팀의 3연전 첫 경기는 삼산 치타스의 승리로 끝이 났다.

　심원 패롯스의 선발투수로 나선 양동주가 경기 초반에 찾아온 고비를 넘기지 못하고 와르르 무너졌기 때문이다.

　선발투수 양동주와 계투진의 난조로 초반 대량 실점을 허용한 후, 결국 추격에 실패한 심원 패롯스는 3연패에 빠졌다.

　심원 패롯스와 삼산 치타스의 3연전 두 번째 경기.

　두 팀은 모두 외국인 투수를 선발로 내세웠다.

　톰 하디 VS 제임스 베이.

　양 팀 에이스들의 맞대결이었다.

　심원 패롯스의 입장에서는 연패의 늪에서 빠져나오기 위해서 승리가 절실했고, 아직 가을 야구에 대한 꿈을 포기하기에는 이른 시점이었기에 삼산 치타스도 연승이 절실한 상황이었다.

"타선이 터지느냐가 관건이 되겠군!"

1회 초, 원정 팀인 심원 패롯스의 공격이 시작된 순간, 더그아웃에 앉아 있던 태식이 제임스 베이를 살피며 혼잣말을 꺼냈다.

3연패를 당하는 과정에서 심원 패롯스의 타선은 무기력했다.

일단 찬스를 많이 만들어내지 못했고, 어렵사리 찬스를 만들더라도 결정력에 문제를 드러냈다.

오늘 경기의 분수령!

무기력하게 변해 버린 심원 패롯스의 타선이 얼마나 살아나느냐에 달려 있다고 태식이 막 판단했을 때였다.

따악!

리드오프 이종도가 제임스 베이의 초구를 받아쳤다.

투수의 곁을 빠르게 스치고 지나가는 중전 안타를 터뜨린 이종도가 1루에 진출하는 모습을 지켜보던 태식이 두 눈을 빛냈다.

"경기 초반이 중요해!"

오늘 승리를 거두기 위해서 경기 초반이 중요한 이유는 두 가지.

첫 번째 이유는 제임스 베이가 슬로우 스타터였기 때문이다.

8승 3패, 방어율 3.12.

올 시즌 제임스 베이가 거둔 성적이었다.

현재 리그 다승 부분 공동 5위를 달리고 있었고, KBO 리그의 흐름이 타고투저임을 감안하면 3점대 초반인 방어율도 나쁘지 않은 편이었다.

그런 제임스 베이의 유일한 약점으로 꼽히는 것이 바로 경기 초반에 위기를 자초한다는 점이었다.

실제로 올 시즌 제임스 베이가 기록하고 있는 3패는 모두 경기 초반의 고비를 넘지 못하고 무너진 탓에 쌓인 것이었다. 그러나 경기 초반에 찾아오는 위기를 넘기고 나면, 제임스 베이는 슬로우 스타터의 진면모를 드러냈다.

경기가 중후반으로 접어들어도 구위가 떨어지기는커녕 오히려 구위가 더욱 좋아지며 가파른 상승세를 타는 스타일이었다.

올 시즌 거둬들인 8승 가운데 4승을 완투승으로 장식한 것이 그의 구위가 중후반에 접어들수록 더 좋아진다는 증거였다.

두 번째 이유는 팀 분위기 반전 때문이었다.

특히 최근 들어서 침체에 빠진 타격 분위기를 되살리기 위해서는 경기 초반에 득점을 올리는 것이 중요했다.

틱! 데구르르.

2번 타자 임현일이 희생번트를 댄 순간, 태식이 상념에서 깨어났다.

1사 2루.

이철승 감독은 오늘 경기의 선발투수가 팀의 에이스인 톰 하디라는 것을 감안하여 선취점에 큰 의미를 두고 있었다. 그렇지만 득점 찬스에서 타석에 들어섰던 3번 타자 최순규는 이철승 감독의 기대에 부응하지 못했다.

투 볼 투 스트라이크의 볼카운트에서 제임스 베이가 구사한 바깥쪽으로 휘어져 나가는 슬라이더에 헛스윙을 하며 삼진으로 물러났다.

'살아 나가라!'

대기 타석에 들어선 태식이 타석에서 승부를 펼치고 있는 이명기에게 주문했다.

어느덧 풀카운트까지 이어진 승부.

제임스 베이는 승부처에서 이명기를 상대로 좋은 공을 던지지 않았다.

아까 최순규를 삼진으로 돌려세웠던 바깥쪽으로 휘어져 나가는 슬라이더를 던져 헛스윙을 유도하려 했다.

그렇지만 이명기는 최순규와 달랐다.

스윙을 하던 도중에 가까스로 배트를 멈춰 세우며 제임스 베이가 구사한 회심의 유인구에 속지 않았다.

"볼넷!"

볼넷이 선언되면서 비어 있던 1루가 찼다.

2사 1, 2루의 찬스에서 태식이 타석으로 들어섰다.

와아!

와아아!

타석을 향해 걸어가는 태식의 귓가로 심원 패롯스 원정 팬들이 보내는 환호성이 파고들었다.

"김태식 선수, 화이팅!"

"적시타! 적시타!"

"홈런 하나 때려라!"

"요새 왜케 부진하노?"

"예전 같지 않다. 분발 좀 해라!"

그 환호성에 섞여 원정 팬들이 내지른 고함 소리도 들려왔다.

무의식중에 대기 타석에 서 있는 김대희를 향해 고개를 돌리려고 했던 태식이 그 고함 소리가 들려온 순간 흠칫하며 표정을 굳혔다.

'내가 부진하다고? 그리고 예전 같지 않다고?'

무심코 넘길 수가 없었다.

'왜?'

트레이드를 통해서 심원 패롯스에 합류한 후, 태식이 그동안 펼쳤던 활약은 꾸준한 편이었다.

타격 슬럼프에 빠지지도 않았고, 타석에서 안타와 타점도 꾸준하게 생산해 냈다.

0.388.

심원 패롯스에 합류한 후, 태식이 기록하고 있는 타율이었다.

꿈의 타율이라고 불리는 4할에 근접해 있는 타율.

비록 규정 타석을 채우지 못한 탓에 크게 주목받지는 못하고 있었지만, 무척 높은 타율이었다. 실제로 태식의 타율은 심원 패롯스 소속 타자들은 물론이고, 리그 모든 타자들을 통틀어도 1위의 기록이었다.

그런데 왜 부진하다는 고함과 예전 같지 않다는 원성이 원정 팬들 사이에서 터져 나오고 있는 걸까?

'찬스를 이어나간다!'

그 이유에 대해 고민하던 태식이 흠칫했다.

타석에 들어서기 전부터 자신도 모르는 사이 머릿속에 품고 있던 생각을 뒤늦게 알아챘기 때문이다.

김대희, 강만호, 그리고 궁극적으로는 심원 패롯스.

태식이 근래 들어 잔뜩 신경을 쓰고 있던 부분들이었다.

심원 패롯스의 성적이 반등해서 가을 야구에 진출하기 위해서는 김대회와 강만호가 슬럼프에서 탈출해야 한다.

줄곧 이런 부분에 신경을 쓰고 있다 보니, 태식은 자신의 타석에서 찬스를 이어나가는 데 집중했다.

즉, 개인보다는 팀을 우선순위에 두었다.

그러다 보니 해결사로서의 이미지가 자연스레 퇴색되어 있었다.

조금 전에 원정 팬들이 태식이 부진하다고, 또 예전 같지 않다는 생각을 품은 이유는 바로 여기에 있었다.

"임팩트!"

팬들의 뇌리 속에 각인이 될 정도로 강한 임팩트를 남기는 플레이는 강만호에게만 필요한 것이 아니었다.

태식에게도 임팩트는 필요한 부분이었다.

그 사실을 깨달은 순간, 태식이 생각을 고쳐먹었다.

찬스를 이어나간다는 것에서 내가 이번 찬스를 해결한다는 것으로.

'어떤 공이 들어올까?'

다부지게 각오를 다지고 타석에 들어선 태식이 두 눈을 빛냈다.

제임스 베이는 쓰리 피치 유형의 투수였다.

주로 사용하는 구종은 직구와 슬라이더, 체인지업.

세 가지 구종 가운데 직구의 평균 구속은 140㎞대 중후반을 기록했다. 그렇지만 슬로우 스타터답게 1회 초에 제임스 베이가 던졌던 직구들의 구속은 대부분 140㎞대 초반에 형성되고 있었다.

아까 리드오프인 이종도에게 잘 맞은 중전 안타를 허용했던 구종도 직구였다. 또, 최순규와 승부하던 중에 비록 파울 타구가 되긴 했지만, 하마터면 적시타가 될 뻔했던 잘 맞은 타구를 허용했던 것도 직구를 던졌을 때였다.

그 두 차례 경험 때문일까?

제임스 베이는 그 후로 의도적으로 직구 구사 비율을 줄이고 있었다. 아까 이명기와 풀카운트 승부를 펼치면서도 단 하나의 직구도 던지지 않았다.

'직구는 없다. 그럼 슬라이더와 체인지업이 남는군!'

타자의 타이밍을 완벽하게 빼앗는 제임스 베이의 체인지업은 일품이라고 소문이 자자했다. 그렇지만 체인지업은 위력적인 빠른 직구와 함께 사용할 때, 그 위력이 극대화되는 구종이었다.

경기 초반에 직구의 구속이 뜻대로 나오지 않자, 제임스 베이는 직구의 구사 비율을 줄였다. 그리고 이 부분을 의식한 듯 체인지업 구사 비율도 함께 줄이고 있었다.

또, 1회 초에 두 개를 던졌던 체인지업도 스트라이크존을 한참 벗어날 정도로 제구가 뜻대로 되지 않는 상황이었다.

'체인지업도 배제한다!'

그런 이유로 현재 제임스 베이가 가장 자신 있게 구사할 수 있는 구종은 슬라이더였다. 실제로 볼카운트를 유리하게 가져가기 위해서 스트라이크를 던져야 할 때나, 타자와의 승부처에서 제임스 베이는 계속 슬라이더를 구사하고 있었다.

'슬라이더를 노린다!'

스윽!

태식이 홈 플레이트에 바짝 붙는 대신, 조금 떨어진 위치에 섰다.

힐끔!

삼산 치타스의 포수인 조연성의 시선이 타석에 서 있는 태식의 두 발의 위치를 살피는 것이 느껴졌다.

'바깥쪽 슬라이더가 들어온다!'

슈아악!

포수와 신중하게 사인을 주고받던 제임스 베이가 고개를 끄덕인 후 힘차게 와인드업을 하며 초구를 뿌렸다. 그 순간, 태식이 오른 다리를 들었다가 앞으로 내딛으며 홈 플레이트 쪽으로 중심을 이동시켰다.

따악!

스트라이크존을 통과할 것처럼 날아들다가 마지막 순간에 바깥쪽으로 급격히 휘면서 스트라이크존을 벗어나는 슬라이더.

수 싸움이 적중했다.

제임스 베이가 구사한 바깥쪽 슬라이더는 태식의 타격 위치에서는 제대로 공략이 어려운 먼 코스였다. 그러나 바깥쪽 슬라이더가 들어올 것을 미리 예상하고 타격을 하는 순간에 홈 플레이트 쪽으로 중심을 일찍 이동시켰기에, 태식은 완벽한 타이밍에 배트 중심에 공을 맞출 수 있었다.

묵직한 타격음이 흘러나온 순간, 조연성이 벌떡 일어섰다.

포수 마스크 너머 조연성의 표정에는 당했다는 기색이 역력했다.

팔로 스윙을 끝까지 가져갔던 배트를 그라운드에 내던진 태식이 1루로 뛰어가며 타구의 궤적을 눈으로 좇았다.

빨랫줄처럼 쭉쭉 뻗어나간 라인드라이브성 타구는 우측 외야 펜스를 살짝 넘기고 떨어졌다.

쓰리런 홈런!

"홈런이다!"

"내가 원한 게 바로 이거였어!"

"예전의 김태식으로 돌아왔네!"

"그래. 이게 김태식이지!"

원정 팬들이 환호성과 함께 내지르는 고성이 귓가로 파고든 순간, 태식이 주먹을 쥔 오른손을 허공에 번쩍 들어올렸다.

지친 걸까.

태식이 들썩이고 있는 톰 하디의 등을 살폈다.

투구 수가 이미 110개를 넘긴 상황임에도 톰 하디는 여전히 마운드를 외로이 지키고 있었다.

와아!

와아아!

9회 말 1사 1, 2루 상황.

심원 패롯스가 2점차로 앞서 있는 상황에서 삼산 치타스에 마지막 찬스가 찾아와 있었다.

극적인 동점 내지 역전을 만들기를 바라는 삼산 치타스 홈 팬들의 성원으로 그라운드는 뜨겁게 달아올라 있었다.

아까 하마터면 끝내기 홈런이 될 뻔했던 파울 홈런이 그라운드를 달아오르게 만드는 데 일조했으리라.

'위험했어!'

그 타구를 떠올린 태식이 속으로 혀를 내둘렀다.

말 그대로 간발의 차로 타구는 폴대를 살짝 벗어났다. 만약 1미터만 안으로 들어왔다면, 파울 홈런이 아닌 끝내기 홈런이 됐으리라.

'마무리를 부탁해!'

파울 홈런을 허용한 후에 더욱 거칠게 들썩이고 있는 톰 하디의 등을 노려보던 태식이 더그아웃으로 고개를 돌렸다.

9회 말에 접어든 후 위기에 처한 톰 하디를 바라보는 이철승 감독의 표정에는 불안함이 살짝 묻어나고 있었다. 그러나 그는 마운드로 올라가거나 톰 하디의 교체를 지시하지 않았다.

팀의 에이스에 대한 예우와 신뢰!

이철승 감독이 움직이지 않는 이유였다.

'그 이유가… 다가 아닌가?'

이철승 감독의 시선이 톰 하디가 아닌 대타자로 타석에 들어서 있는 고인수에게 향해 있음을 깨달은 태식이 희미하게 고개를 끄덕였다.

삼산 치타스의 윤기원 감독이 고심 끝에 꺼내든 대타 카드 고인수.

올 시즌 주로 대타자로 경기에 나서는 고인수의 활약은 미비한 편이었다.

타율은 2할대 초반에 불과했고, 결정적인 찬스를 무산시킨 경우도 허다했다.

그럼에도 불구하고 윤기원 감독이 마지막 찬스에서 고인수를 대타자로 내세운 이유는 두 가지.

하나는 고인수의 일발 장타력에 기대를 걸기 때문이었다. 그리고 나머지 하나는 마땅한 대안이 없기 때문이었다.

동병상련이랄까?

삼산 치타스도 심원 패롯스 못지않게 대타 요원 기근 현상에 시달리고 있었다. 그리고 이철승 감독은 톰 하디도 믿었지만, 그에 못지않게 고인수도 믿었다.

톰 하디가 많이 지쳤다고 해도 고인수는 절대 톰 하디를 공략하지 못할 것이다.

이런 믿음이 기저에 깔려 있었기 때문에, 톰 하디를 진정시키기 위해서 마운드를 방문하지도 않았던 것이었다.

'감독님의 믿음은 틀리지 않았어!'

태식이 이렇게 판단한 근거는 아까 고인수가 기록한 파울 홈런이었다.

지쳤기 때문일까?

톰 하디가 던진 직구는 구속과 힘 모두 경기 초반에 비해 떨어져 있었다. 게다가 제구까지 흔들리며 거의 한가운데로 몰렸다.

누가 봐도 명백한 실투.

그렇지만 고인수를 그 실투를 놓쳤다. 무조건 끝내기 홈런으로 연결했어야 할 실투를 공략해 파울 홈런을 날렸으니까.

'안타깝게도 예방주사가 됐어!'

파울 홈런을 기록했던 고인수가 이어진 승부에서 좋을 결과를 만들어낼 확률은 낮았다.

파울 홈런 이후에 이어진 승부에서 타자가 좋지 않은 결과를 얻을 확률이 높다는 통계도 요인 중 하나였지만, 조금 전에 파울 홈런이 예방주사가 되어서 톰 하디에게 경각심을 다시 일깨운 것이 더 큰 요인이었다.

슈아악!

파공음을 듣고 태식이 상념에서 깨어났다.

톰 하디가 혼신의 힘을 다해 던진 일구.

딱!

고인수가 크게 휘두른 배트에 맞은 타구는 2루수 앞으로 굴러갔다. 그 타구는 4—6—3으로 이어지는 병살로 연결되며, 경기는 그대로 종료됐다.

"됐다!"

그제야 태식이 주먹을 불끈 쥐며 환하게 웃었다.

태식의 예상대로였다.

톰 하디는 팀의 에이스답게 마지막까지 호투를 펼치며 경기를 책임졌고, 오늘 경기 승리를 위해서는 1회 초에 태식이 터뜨린 쓰리런 홈런이면 충분했다.

최종 스코어 3 : 1.

심원 패롯스는 3연패에서 탈출하는 데 성공했다.

콰직!

헬멧이 그라운드에 나뒹굴었다.

마지막 찬스에서 타석에 등장해 병살타를 때린 후 아쉬움을 이기지 못하고 헬멧을 바닥에 거칠게 내던지며 분풀이를 하는 고인수의 모습을 강만호가 응시했다.

영웅과 역적!

말 그대로 딱 한 끗 차이였다.

그 한 끗 차이로 고인수는 오늘 경기에서 삼산 치타스의 영웅이 아니라 역적이 되어 있었다.

간발의 차로 영웅이 되지 못한 아쉬움이 못내 남아서일까.

고인수는 경기 종료가 선언된 후에도 더그아웃으로 돌아가지 않았다. 아예 1루 베이스 근처에 주저앉은 채로 아쉬움을 곱씹고 있었다.

강만호가 그런 고인수에게서 시선을 떼지 않은 채, 9회 말에 벌어졌던 숨 가빴던 순간들을 되짚어보기 시작했다.

3 : 1.

두 점 뒤진 채로 접어든 삼산 치타스의 9회 말 마지막 공격.

심원 패롯스의 마운드는 여전히 톰 하디가 지키고 있었다.

"스트라이크아웃!"

9회 말의 첫 타자를 삼진으로 돌려세운 톰 하디가 마운드

위에서 주먹을 불끈 움켜쥐며 포효했다.

완투승을 목전에 두고 있었기 때문이다.

그 모습을 지켜보던 강만호가 희미하게 고개를 끄덕였다.

9회 말임에도 불구하고 톰 하디의 공에는 여전히 힘이 있었다. 그래서 어렵지 않게 완투승을 거둘 수 있을 거라 예상했는데.

경기의 분위기가 묘하게 흐르기 시작한 것은 삼산 치타스 6번 타자 차민용과의 승부가 시발점이었다.

딱!

차민용이 때린 빗맞은 타구는 열심히 뒷걸음질을 치며 쫓아간 2루수의 키를 살짝 넘기고 떨어지면서 텍사스 안타로 연결됐다.

1사 1루.

타석에는 7번 타자 조연성이 들어섰다. 그리고 조연성은 톰 하디가 던진 2구째 커브를 가볍게 밀어 쳐서 안타를 만들어냈다.

1사 1, 2루 상황이 되자, 삼산 치타스의 윤기원 감독이 바빠졌다.

발이 느린 포수인 조연성을 더그아웃으로 불러들이는 대신 대주자를 내보냈고, 8번 타자 장윤호를 대신해서 고인수를 대타자로 내세웠다.

마지막 찬스를 놓치지 않겠다는 강한 의지가 담긴 승부수.

슈아악!

"볼!"

대타자 고인수를 상대로 톰 하디가 던진 초구는 높았다.

"흔들려!"

톰 하디가 고인수를 상대로 투구하는 모습을 유심히 살피던 강만호가 슬쩍 눈살을 찌푸렸다.

빗맞은 텍사스 안타가 톰 하디의 기분을 상하게 만든 데다가, 바깥쪽으로 제구가 잘된 공이 조연성의 안타로 연결되자 톰 하디의 멘탈이 흔들리기 시작했다. 또, 그 과정에서 톰 하디의 투구 수도 급격히 늘어났다.

9회 말이 시작되기 전에 톰 하디의 투구 수는 95개였다. 그렇지만 어느덧 투구 수는 110개를 넘기고 있었다.

피로감이 급격히 몰려들어서일까.

톰 하디의 등이 크게 들썩이고 있었다.

"볼!"

그리고 지금까지 낮게 형성되던 제구도 흔들리기 시작했다.

'바꿔야 하지 않을까?'

강만호가 고개를 돌려 이철승 감독을 힐끗 살폈다.

지금이 교체 타이밍이라고 판단했는데.

이철승 감독의 움직임은 없었다. 팔짱을 낀 채 감독석에 앉아서 미동도 없이 그라운드를 응시하고 있었다.

'왜 바꾸지 않는 거지?'

심원 패롯스는 3연패를 기록 중이었다. 그리고 연패를 끊어 낼 수 있는 기회가 목전에 다가와 있었다. 그러나 이철승 감독은 급격히 체력이 떨어지면서 위기를 맞고 있는 톰 하디를 교체하지 않았다.

해서 의아한 시선을 던지던 강만호가 이철승 감독의 시선을 좇았다.

정확한 상태를 체크하기 위해서 마운드 위에 서 있는 톰 하디를 바라보고 있을 거라 생각했는데.

이철승 감독의 시선이 닿아 있는 것은 톰 하디가 아니었다. 그는 대타자로 등장한 고인수를 바라보고 있었다.

그때였다.

따악!

묵직한 타격음이 울려 퍼졌다.

'실투!'

그 순간, 강만호가 자리에서 벌떡 일어났다.

한가운데, 그것도 높은 코스로 형성된 직구는 분명히 실투였다.

묵직한 타격음이 흘러나온 순간, 톰 하디가 흠칫 놀라며 고개를 아래로 푹 떨구는 것이 그가 실투를 던졌다는 증거였다.

'역전… 쓰리런?'

와아!

와아아!

배트 중심에 제대로 걸린 고인수의 타구가 극적인 끝내기 홈런이 될 것이라고 확신한 삼산 치타스의 홈 팬들이 일제히 자리를 박차고 일어났다.

홈 팬들의 간절한 바람을 담은 채로 쭉쭉 뻗어나간 타구는 좌측 외야 상단 부근에 떨어졌다.

"파울!"

아아!

아아아!

간발의 차로 폴대를 벗어났다는 것을 확인한 심판이 파울을 선언한 순간, 관중들이 탄식을 쏟아냈다.

육안으로 구분이 힘들 정도로 간발의 차이로 폴대를 벗어난 타구.

오늘 경기의 영웅이 될 수 있는 기회를 아쉽게 놓쳐 버린 고인수의 표정에는 아쉬운 기색이 역력했다.

반면 완투승을 목전에 두고 있다가 하마터면 패전의 멍에를 쓸 뻔한 위기에 처했던 톰 하디는 안도의 한숨을 내쉬었다.

딱!

그 아쉬움을 만회하기 위해 고인수가 다시 힘차게 배트를 돌렸다. 그러나 아까와는 많이 달랐다.

파울 홈런을 허용하고 정신을 차린 톰 하디는 제구에 신경을 써서 낮게 형성되는 커브를 던졌다.

파울 홈런의 아쉬움을 만회하기 위함일까.

장타를 의식한 고인수의 큰 스윙은 타이밍이 늦었다.

2루수 앞으로 빠르게 굴러간 타구가 4—6—3으로 이어지는 병살로 연결되며 경기는 그대로 종료됐다.

쫘악!

어렵게 완투승을 따내는 데 성공한 톰 하디는 그제야 환하게 웃으며 용덕수와 하이파이브를 나누었다.

11. 주사위

시간을 되돌릴 수는 없는 법이다.

시간을 되돌리는 것은 영화, 혹은 소설에서나 가능한 일이었다.

그러니 아무리 아쉬워한다고 해도 파울이 홈런으로 바뀌지는 않는다.

그 사실을 알고 있기 때문일까.

망부석처럼 한참을 그라운드 위에 주저앉아 있던 고인수가 천천히 일어났다. 대부분의 팀원들이 이미 자취를 감춘 더그아웃 쪽으로 고인수가 터덜터덜 걸어가는 모습을 지켜보던 강만호가 눈매를 좁혔다.

'만약 파울 홈런이 아니라 끝내기 홈런이 됐다면?'

와아!

와아아!

조금 전에 고인수가 날렸던 타구가 극적인 끝내기 홈런이 될 거라고 확신했던 삼산 치타스 홈 팬들은 일제히 자리를 박차고 일어났다. 경기장이 떠나갈 듯이 내지르던 환호성이 강만호의 귓가에 되살아났다.

오늘 경기 단 한 번의 타석!

그 한 타석만으로 고인수는 경기의 승패를 바꾸는 영웅이 될 뻔했었다. 하지만 간발의 차로 파울 홈런이 된 탓에 고인수의 신분은 영웅이 아닌 역적으로 바뀌어 있었다.

어쨌든.

아직까지도 여운과 잔상이 남아 있을 정도로 강한 임팩트가 있었던 고인수의 파울 홈런 장면을 떠올리던 강만호가 입술을 지그시 깨물며 중얼거렸다.

"영웅이라. 나쁘지 않네."

    *   *   *

심원 패롯스와 삼산 치타스의 3연전 마지막 경기.

양 팀의 2선발을 맡고 있는 이연수와 조던 사익스가 선발투수로 나섰다.

위닝 시리즈를 가져가려는 두 팀의 승부는 경기가 시작된 후, 내내 치열하게 펼쳐졌다.

선발투수들이 호투를 펼치며 투수전으로 진행되는 경기의 양상.

6회까지 0의 행진이 이어졌다. 그리고 길었던 0의 행진을 먼저 깨뜨린 것은 삼산 치타스였다.

따악!

오늘 경기에서 호투하던 선발투수 이연수의 무실점 행진이 깨진 것은 7회 말이었다.

7회 말, 수비에서 2사까지 잘 잡아낸 후 이연수는 갑작스러운 난조에 빠졌다. 2사 후에 연속 안타와 사사구를 허용하면서 이연수는 만루의 위기에 몰렸다. 그리고 타석에 들어선 것은 삼산 치타스의 4번 타자인 앤드류 크레익이었다.

2사 만루 상황인 만큼, 도망칠 곳은 없었다. 그 사실을 잘 알고 있는 이연수는 앤드류 크레익을 상대로 정면 승부를 펼쳤다.

그리고 정면 승부의 결과는 좋지 않았다.

올 시즌 타율 0.264.

중심 타선에 포진한 외국인 타자임을 감안하면 앤드류 크레익의 타율은 결코 높은 편이 아니었다. 오히려 외국인 선수 교체를 고려해야 할 정도로 낮은 타율이었다.

그렇지만 삼산 치타스의 윤기원 감독은 대체 외국인 선수를 구하지 않고 앤드류 크레익을 계속 고집했다.

소총 부대!

삼산 치타스에게 팬들이 붙여준 별명이었다. 그만큼 장타력을 갖춘 타자가 부족하다는 뜻이었다. 그래서 윤기원 감독은 더욱 대단한 파워를 갖춘 앤드류 크레익의 장타력을 포기할 수 없었던 것이었다. 그리고 앤드류 크레익은 오늘 경기에서 윤기원 감독의 선택이 틀리지 않았다는 것을 증명했다.

따악!

2사 만루, 풀카운트 상황에서 앤드류 크레익의 배트가 힘차게 돌아갔다.

묵직한 타격음이 그라운드에 울려 퍼진 순간, 투구를 마친 이연수가 그라운드 위에 주저앉았다.

이연수는 고개를 돌려서 타구의 궤적을 눈으로 좇지도 않았다. 투구가 배트에 맞는 순간 이미 홈런임을 직감했기 때문이다.

쾅!

백스크린 상단 부근을 직격한 만루 홈런!

길었던 0의 행진을 깨뜨린 데다가, 경기 후반부에 접어든 상황에서 터진 만루 홈런이라 더욱 타격이 컸다.

0 : 4.

순식간에 스코어가 4점차로 벌어진 순간, 이연수의 표정이 와락 일그러졌다.

"스트라이크아웃!"

후속 타자를 헛스윙 삼진으로 돌려세우며, 자신의 힘으로 이닝을 마무리했음에도 불구하고, 마운드에서 내려오는 이연수의 표정은 밝아지지 않았다.

아까 던진 실투가 앤드류 크레익의 만루 홈런으로 연결되면서, 오늘 경기를 삼산 치타스에게 내줬다고 판단했기 때문이리라.

그렇지만 태식의 판단은 달랐다.

'아직… 포기하긴 일러!'

8회 초와 9회 초.

심원 패롯스에게 남아 있는 공격 기회는 두 번.

예전이었다면 경기 후반부에 4점차로 뒤져 있는 상황에서 일찌감치 경기를 포기했으리라.

그렇지만 지금은 달랐다.

타선에 힘이 붙은 덕분일까?

길었던 7회 말이 종료되고 더그아웃으로 돌아오고 있는 야수들의 표정은 그리 어둡지 않았다. 또, 아직 경기를 충분히 역전시킬 수 있다는 희망과 강한 의지가 선수들의 표정에 깃들어 있었다.

"연수야."

"네, 선배."

"아직 끝난 거 아니다."

반쯤 넋이 나간 표정으로 더그아웃에 걸터앉아 있는 이연수의 곁에 앉으며 태식이 격려의 말을 건넸다.

"그렇지만 제 실투 때문에 4점이나 뒤진 상황인데……."

"무려 4점이 아니라, 겨우 4점이야."

"……?"

"두고 봐. 우리 팀 타선은 순순히 물러나지 않을 테니까."

태식이 더 설명하는 대신 8회 초 심원 패롯스의 공격이 시작된 그라운드를 향해 시선을 던졌다.

선두 타자는 리드오프인 이종도!

틱! 데구르르.

이종도는 초구에 상대 배터리의 허를 찌르는 기습 번트를 감행했다. 3루 쪽으로 번트를 댄 이종도가 1루를 향해 내달리기 시작했다.

어떻게든 살아 나가겠다는 의지가 담긴 전력 질주.

이종도의 발이 1루 베이스에 닿은 것보다 1루수의 글러브에 송구가 도착한 것이 조금 빨랐다. 그렇지만 맨손으로 타구를 잡은 3루수가 불안한 자세로 송구를 한 탓에 송구의 방향이 빗나갔다.

송구가 글러브에 도달한 순간, 1루수의 발이 베이스에서 떨어졌던 것을 확인한 1루심은 세이프를 선언했다.

무사 1루.

따악!

2번 타자 임현일이 때린 타구는 1루 선상을 타고 흐르는 강습 타구였다. 만약 타구가 빠진다면 충분히 2루타가 될 수도 있는 코스의 타구였지만, 1루수인 앤드류 크레익의 수비가 좋았다.

이전 타석에서 만루 홈런을 터뜨린 덕분에 흥이 난 걸까?

앤드류 크레익은 거구를 던지며 임현일이 때린 빠른 타구를 글러브 속에 넣는 데 성공했다. 그리고 베이스 커버를 들어온 투수 조던 사익스에게 침착하게 송구해서 타자 주자인 임현일을 잡아냈다.

1사 2루.

부우웅!

득점 찬스에서 타석에 들어선 3번 타자 최순규는 조던 사익스의 유인구에 속아 헛스윙을 하면서 삼진으로 물러났다.

"끝까지 지켜봐!"

이연수에게 당부한 태식이 대기 타석으로 향했다.

4번 타자 이명기는 태식의 믿음에 부응했다.

쓰리 볼 원 스트라이크 상황에서 조던 사익스가 던진 유인구에 속지 않고 참아내면서 볼넷을 얻어 1루로 걸어 나갔다.

8회 초, 2사 1, 2루의 찬스에서 태식이 타석으로 들어섰다.

삼산 치타스의 2선발인 조던 사익스의 장점은 공 끝이 지저분하다는 것이었다.

직구 평균 구속 136㎞.

강속구를 장착하지 않았음에도 그가 KBO 리그에 성공적으로 정착할 수 있었던 결정적인 요인이 바로 이것이었다.

"똑같이 들어오는 공이 하나도 없다!"

조던 사익스와의 승부에서 고전을 면치 못했던 심원 패롯스의 타자들이 고개를 절레절레 흔들며 일관적으로 꺼내는 평이었다.

우선 다양한 구종을 장착하고 있었고, 또 같은 구종의 공을 던지더라도 똑같이 들어오지 않았다.

가령 같은 커브를 던지더라도 구속이나 궤적, 낙차의 폭이 조금씩 다른 편이었다.

그 차이로 인해 KBO 리그 타자들은 조던 사익스와의 승부에서 고전했고, 오늘 경기에서 조던 사익스를 상대한 심원 패롯스의 타자들도 마찬가지였다.

'수 싸움은 어려워!'

타석에서 조던 사익스를 노려보고 있던 태식이 내린 결론이었다.

장착한 구종이 워낙 다양한 데다가, 같은 구종이라도 공이 똑같이 들어오지 않는 조던 사익스의 투구 특성을 감안하면 수 싸움을 펼쳐서 이기는 것은 결코 쉽지 않았다. 아니, 수 싸움을 펼치는 것이 큰 의미가 없었다.

'어떻게 해야 할까?'

그로 인해 타석에 선 태식이 공략법에 대한 갈피를 잡지 못하고 있을 때, 조던 사익스가 첫 공을 던졌다.

슈아악!

'직구!'

135㎞의 구속을 기록한 직구는 눈에 크게 들어왔다. 그래서 태식이 망설이지 않고 배트를 돌렸다.

따악!

경쾌한 타격음이 터져 나왔지만, 아쉽게도 잘 맞은 타구는 선상을 살짝 벗어나며 파울이 선언됐다.

툭. 툭!

조던 사익스가 주먹으로 빈 글러브를 때렸다.

하마터면 적시타를 허용하며 무실점 행진이 깨질 뻔했기 때문일까?

마운드 위에서 안도한 표정을 짓고 있는 조던 사익스를 힐 끗 살핀 태식이 배트를 고쳐 쥐었다.

슈아악!

조던 사익스가 던진 2구는 커브였다.

타자의 무릎 근처로 날아들다가 홈 플레이트 앞에서 큰 낙 차를 보이며 아래로 꺾이는 커브에 배트를 내밀지 않고 태식 은 유심히 지켜보았다.

"볼!"

128km.

전광판에 찍힌 구속이었다.

그리고 3구째!

슈아악!

조던 사익스가 와인드업을 마치고 공을 손에서 놓은 순간, 태식이 기다렸다는 듯이 힘차게 배트를 돌렸다.

'커브!'

제구에 실패한 탓일까?

3구째 커브는 몸 쪽 높은 코스에 형성됐다.

딱 치기 좋은 코스로 형성된 커브를 노리고 태식이 배트를 휘둘렀지만, 공은 배트에 걸리지 않았다.

부우웅!

크게 헛스윙을 한 태식이 전광판을 살폈다.

123km.

분명히 같은 구종인 커브였다.

그런데 달랐다.

2구째에 비해 3구째에 던진 커브는 구속이 5km 가량 차이가 났고, 낙차의 폭도 훨씬 더 컸다.

이것이 태식이 헛스윙을 한 이유.

'역시 어려워!'

혀를 내두른 태식이 다시 타석에 임했다.

슈아악!

조던 사익스가 4구째 공을 던진 순간 태식이 두 눈을 빛냈다.

'직구!'

직구 혹은 포크볼.

두 개 연속 커브를 던졌기 때문에 태식은 두 가지 구종 가운데 하나의 구종이 들어올 거라 판단하고 있었다. 그리고 내심 기다리고 있었던 직구임을 알아챈 순간, 다시 배트를 내밀었다.

딱!

타격음이 둔탁했다.

1구째로 던졌던 직구와 비슷한 137㎞의 구속!

그런데 달랐다.

구속은 2㎞ 차이에 불과했지만, 1구째에 들어왔던 직구에 비해서 4구째로 들어온 직구가 훨씬 더 빠르게 느껴졌다.

'착시 효과!'

120㎞대 중반의 커브 구속에 눈과 몸이 익숙해졌던 터라, 방금 조던 사익스가 던진 직구가 더욱 빠르게 느껴지는 것이었다.

그래서 1구째와는 달리 배트 스피드가 밀리며 타이밍이 맞지 않은 타구는 3루측 관중석에 떨어졌다.

'직구? 커브? 포크볼? 그도 아니면?'

원 볼 투 스트라이크.

볼카운트는 타자에게 압도적으로 불리하게 몰려 있었고, 조던 사익스가 던지는 구종은 다양했다.

타석에서 승부가 길어질수록 태식은 점점 수렁으로 빠져드는 느낌이었다.

'뭘 대비해야 하는 거지?'

태식이 타석에서 여전히 갈피를 잡지 못하는 사이, 조던 사익스가 사인을 교환한 후 와인드업을 시작했다.

슈아악!

와인드업을 마친 조던 사익스의 손에서 공이 떠난 순간, 태식이 두 눈을 빛냈다.

궁지에 몰린 상황에서 태식의 머릿속에 문득 떠오른 것은… 주사위였다.

"자, 갑니다!"

용덕수가 말을 마치기 무섭게 주사위들을 허공에 띄웠다. 마치 공기놀이를 하듯 네 개의 주사위를 허공에 띄웠다가 주먹을 오므리면서 다시 잡은 용덕수가 태식에게 어서 대답하라는 듯이 눈짓을 건넸다.

"육, 사, 삼, 일!"

눈 한번 깜박이지 않고 주사위들이 허공에 떠올랐다가 아래로 떨어지면서 용덕수의 손바닥 안으로 빨려 들어가는 모습을 지켜보던 태식이 대답했다.

잠시 뒤, 용덕수가 천천히 손바닥을 펼쳤다.

태식의 대답은 정확했다.

용덕수가 펼치고 있는 손바닥 위에 올려져 있는 네 개의 주사위들의 윗면에 그려져 있는 점의 개수는 육과 사, 삼과 일이었다.

"또 정답입니다."

용덕수가 건조한 목소리로 말한 순간, 태식이 물었다.

"왜 빠뜨려?"

"뭘요?"

"감탄사!"

태식이 주사위 윗면의 점의 개수를 정확히 맞힐 때마다 용덕수는 '헐!', 혹은 '대박' 등등의 감탄사를 내뱉었었다. 그런데 지금 감탄사를 생략한 채 건조하기 짝이 없는 목소리로 말했다.

태식이 그 부분을 지적하자, 용덕수가 볼멘 표정으로 대답했다.

"이제 놀랍지도 않아서요."

"응?"

"이제 열 번 중에 아홉 번은 맞추시잖아요."

"그런가? 그동안 해왔던 훈련이 아주 성과가 없진 않네."

태식이 희미하게 웃으며 대답한 순간, 용덕수가 혀를 내둘렀다.

"형도 참 대단하세요."

"뭐가?"

"이 지겨운 걸 하루도 빼놓지 않으시잖아요."

"후회를 남기지 않기 위해서야."

"후회요?"

"이번이 내게 주어진 마지막 기회거든."

제대로 말뜻을 이해하지 못한 용덕수가 이내 고개를 갸웃하며 화제를 돌렸다.

"그런데 이렇게 힘들게 한 눈 훈련의 성과는 대체 언제 나타나는 겁니까?"

"곧 실전에서 써먹을 거야."

"그러니까 대체 언제요?"

태식이 대답했다.

"주사위가 다섯 개로 늘어난 후."

눈 훈련에 아직까지 다섯 개의 주사위를 사용한 적은 없었다. 여전히 네 개의 주사위만 사용하고 있는 상황이었다.

그럼에도 불구하고 태식이 타석에서 눈 훈련을 문득 떠올린 이유는 그만큼 상황이 급했기 때문이다.

슈아악!

조던 사익스의 손에서 공이 떠난 순간, 태식이 두 눈에 잔뜩 힘을 준 채 날아드는 공을 노려보았다.

'보일까?'

홈 플레이트 근처로 공이 다가오자, 온통 하얀색 일색이던 공의 실밥이 눈에 들어오기 시작했다.

'보인다!'

그 실밥의 방향을 통해서 공에 걸려 있는 회전을 파악하는 것이 가능했다.

좌에서 우!

방금 조던 사익스가 던진 공에 걸린 회전의 방향이었다.

'슬라이더!'

그 회전의 방향을 눈으로 보고 확인한 덕분에 태식은 조던 사익스가 선택한 구종을 알아내는 데 성공했다.

다음은 공의 코스와 높낮이를 파악해야 했다.

'바깥쪽 꽉 찬 코스!'

태식이 휘두르던 배트를 급히 멈춰 세웠다.

팍!

그사이 홈 플레이트를 통과한 공은 포수의 미트로 빨려 들어갔다.

"볼!"

바깥쪽으로 공 하나 정도가 빠졌다고 판단한 주심은 볼을 선언했다.

"돌았어요!"

태식이 배트를 멈춰 세우는 것이 늦었다고 포수가 강하게 어필했지만, 3루심은 스윙으로 인정하지 않았다.

그 순간, 태식이 혀를 내밀어 긴장으로 인해 바싹 말라 버린 입술을 축였다.

'확실히 보인다!'

눈 훈련의 성과는 빨리 나타나지 않았다. 그리고 성과가 바로 나타나지 않기 때문에 그 과정이 더욱 지겹고 지난하게 느껴지는 훈련이었다.

그렇지만 태식은 그동안 지겨운 눈 훈련을 하루도 빼놓지 않고 계속 해왔다. 그리고 그 성과가 마침내 실전에서 나타나고 있었다.

조금 전에 태식이 배트를 도중에 멈춰 세운 이유.

실밥의 움직임을 통해서 공에 걸린 회전을 파악하는 데 성공해서 정확히 구종을 파악할 수 있었기 때문이다.

바깥쪽 꽉 찬 스트라이크존을 통과할 것처럼 보이던 슬라이더는 마지막 순간에 바깥쪽으로 휘었고, 그 궤적 변화를 미리 예측했기에 스트라이크가 아닌 볼이 될 것을 미리 알 수 있었다.

'이제 해볼 만해.'

희미한 웃음을 머금고 있던 태식의 표정이 다시 신중하게 변했다.

타석에서 공이 보인다고 해서 무조건 공략할 수 있는 것은 아니었다. 그리고 만의 하나 공의 움직임을 놓친다면 허무하게 삼진으로 물러날 확률도 있었다.

투 볼 투 스트라이크.

슈아악!

와인드업을 마친 조던 사익스가 6구째 공을 던졌다.

수 싸움을 배제한 대신 태식은 두 눈에 잔뜩 힘을 준 채 조던 사익스의 손을 떠난 공을 노려보았다.

'회전이… 직구?'

5구째로 들어왔던 슬라이더와 6구째로 들어온 직구!

타이밍이 전혀 달랐다.

구속이 120㎞대 중반이었던 슬라이더는 공을 보고 대처할 수 있는 여유가 있었는데, 구속이 130㎞대 후반인 직구는 그럴 여유가 없었다.

태식이 흠칫하며 재빨리 배트를 내밀었다.

틱!

제대로 된 타격은 불가능했다.

태식이 노린 것은 커트.

후우.

판단과 대처가 빨랐던 덕분에 방망이 끝부분에 가까스로 공이 걸린 순간, 태식이 안도의 한숨을 내쉬었다.

타이밍을 완벽하게 빼앗았다고 판단해서일까?

툭. 툭!

아쉬운 기색이 역력한 조던 사익스의 표정을 살피던 태식이 손을 들어 주먹을 쥔 채로 헬멧을 두드렸다.

'직구는 눈으로 보고 대처하지 못한다!'

이것이 현재 상황이었다.

타석에서 눈으로 공을 보고 직구라고 판단한 후에 직구를 공략할 정도의 타이밍은 아예 나오지 않았다.

'시간이 더 필요해!'

눈 훈련에 시간과 노력을 좀 더 쏟는다면?

상황은 또 달라질 수도 있었다.

그러나 그 단계에 이르기까지는 아직 많은 시간이 필요했다.

지금 상황에서 태식이 선택할 수 있는 최선은 130㎞대 후반의 구속을 기록하고 있는 직구는 커트하고, 구속이 120㎞대 초중반에 불과한 브레이킹 볼을 공략하는 데 초점을 맞추어야 했다.

슈아악!

태식이 막 결론을 내린 순간, 조던 사익스의 7구째 공이 손을 떠났다.

'커브!'

회전을 통해서 구종을 알아내는 데 성공한 태식이 이를 악물었다.

타자의 무릎 높이로 홈 플레이트를 통과하다가 마지막 순간에 아래로 뚝 떨어지는 커브의 궤적이 머릿속에 그려졌다.

따악!

그 순간, 태식이 확신을 갖고 힘차게 배트를 휘둘렀다.

어퍼 스윙에 걸린 공이 높이 솟구친 채 뻗어나갔다.

'넘어가라!'

배트를 던지고 1루로 뛰어가던 태식이 타구의 궤적을 살폈다.

높이 솟구친 채 뻗어나가는 타구는 컸다.

'홈런?'

1루 베이스를 통과한 태식이 펜스 상단을 때리고 튕겨 나오는 타구를 확인하고 달리는 속도를 높였다.

'역풍!'

홈런이 될 수도 있었던 타구였는데.

아쉽게도 타구가 마지막 순간에 뻗지 못한 이유.

바람이 문제였다.

외야에서 홈 플레이트 쪽으로 불어오는 거센 역풍의 영향을 받은 태식이 때린 타구는 마지막 순간에 뻗지 못하며 펜스 상단을 때리고 튀어나왔던 것이었다.

2 : 4.

오늘 경기 심원 패롯스의 첫 득점을 올리는 2타점 적시 2루타를 때려내는 데 성공한 태식이 베이스 위에 올라선 채 호흡을 골랐다.

그런 태식의 표정에 아쉬움이 깃들었다.

삼산 치타스를 턱밑까지 추격할 수 있는 쓰리런 홈런이 될 수도 있었던 잘 맞은 타구였는데.

마침 불어온 역풍으로 인해서 아쉽게도 홈런이 아닌 2루타가 된 셈이었다. 그러나 태식은 이내 아쉬움을 털어버렸다.

'힘이 모자랐어!'

하필 그때 불었던 거센 역풍을 원망해서는 안 됐다. 역풍의 방해 정도는 충분히 이겨낼 정도로 파워를 더 키웠어야 했다.

그리고 태식의 표정이 밝은 또 하나의 이유.

이번 타석은 지금까지의 타석과는 달랐기 때문이다.

게스 히팅!

상대 배터리와의 수 싸움을 통해서 어떤 공이 들어올지를 예측하고 타격을 해왔던 것이 지금까지의 패턴이었다.

그렇지만 이번 타석에서는 달랐다.

투수의 손에서 떠난 공의 구종을 눈으로 정확히 보고 타격을 했다.

그동안 꾸준히 해왔던 눈 훈련의 성과가 마침내 실전에서 나타난 것이었다.

물론 아직 완벽하지는 않았다.

빠른 공에 대한 대처, 눈으로 확인하고 나서 정확히 타격하기 위한 타격 매커니즘의 확립 등등.

앞으로 해결해야 할 부분들이 수두룩했다.

그러니 완성이 아니라 시작 단계라고 표현하는 것이 옳았다.

그럼에도 불구하고 이번 타석에서 태식이 좋은 결과를 얻었던 것은 분명히 큰 의미가 있었다.

지금까지의 타석에서 불확실성에 의존해서 타격을 했다면, 이번 타석에서는 불확실성을 제거한 상태로 타격을 했기 때문이다.

만약 투수의 손을 떠난 공의 구종을 눈으로 확인하고 타격에 임하는 메커니즘을 완성할 수 있다면?

불확실성이 기저에 깔려 있는 수싸움에 의존하는 타격과는 차원이 달랐다.

그런 만큼 충분히 꿈의 타율이라고 불리는 4할 타율을 넘어서는 것도 가능하다는 확신이 들었다.

해서 한층 표정이 밝아진 태식이 홈 플레이트 쪽으로 시선을 던졌다.

아직 경기는 끝나지 않았다.

태식이 2타점 적시타를 터뜨렸지만, 여전히 2점 뒤지고 있는 상황.

2사 2루 상황에서 타석에는 김대희가 들어서 있었다.

내심 노리고 있었던 완봉승이 경기 후반부에 날아간 탓일까.

조던 사익스의 제구가 흔들리기 시작했다.

쓰리 볼 원 스트라이크 상황에서 조던 사익스가 던진 커브는 원 바운드로 들어오며 김대희는 볼넷을 얻어 출루했다.

2사 1, 2루.

홈런 한 방이면 역전도 가능한 상황으로 바뀐 순간, 더그아웃에 앉아 있던 이철승 감독이 자리에서 일어섰다.

'지금!'

김대회가 볼넷을 얻어내서 1루로 걸어 나간 순간, 강만호가 두 눈을 빛냈다.

홈런 하나만 때려내면 줄곧 끌려가던 경기를 한 방에 뒤집을 수 있는 찬스가 경기 후반에 찾아와 있었다.

말 그대로 영웅이 될 수 있는 기회!

영웅이 되고 싶다는 욕심이 생겼다.

그래서 강만호가 이철승 감독에게로 고개를 돌렸다.

"대타자로 내보내 주십시오."

강만호가 이런 의미가 담긴 강렬한 시선을 던졌다. 그렇지만 이철승 감독이 자신을 대타자로 내보낼 거라는 확신은 갖지 못했다.

그 이유는 크게 둘.

우선 이철승 감독이 갖고 있는 선택지에서 자신은 1순위가 아니었다.

올 시즌 심원 패롯스에서 대타 요원으로 주로 나서고 있는 선수는 두 명.

이승열과 윤두준이었다.

굳이 순위를 매기자면 강만호는 대타 요원들 가운데 3순위라고 할 수 있었다.

또 하나의 이유는 슬럼프였다.

부상에서 복귀한 후 강만호는 극심한 슬럼프를 겪고 있었다.

채 1할에도 미치지 못하는 타율이 강만호가 깊은 슬럼프를 겪고 있다는 증거였다. 그리고 이철승 감독이 이런 자신의 상황을 모를 리 없었다.

'어렵… 겠지!'

강만호의 표정이 어둡게 변했다.

주전 경쟁에서는 용덕수에게 완전히 밀렸고, 대타 요원 경쟁에서도 1순위가 아닌 3순위로 밀려나 있었다.

이것이 자신이 처해 있는 현실.

그 비참한 현실을 새삼 깨달은 순간 강만호의 가슴이 답답해졌지만, 이철승 감독을 탓할 수는 없었다.

'받아들이자!'

예전이었다면 이 상황에 불만을 품었으리라.

그렇지만 지금은 생각이 많이 바뀌었다.

'내가 야구를 못한 탓이지!'

강만호의 생각이 바뀐 계기.

김대희와의 대화였다.

"여기 술값은 내가 낼 거야. 내기에서 졌는데 고작 치맥 한 번 사는 걸로 넘어갈 수 있을 거라고 생각했어?"

야구 연습장에서 펼쳤던 내기가 걸린 대결에서 강만호는 김대희에게 패했다.

김대희가 대결에서 패했던 강만호에게 부탁한 것은 욕심이나 원망을 내려놓고 팀을 위해 경기를 하자는 것이었다. 그리고 그 방법으로 김대희가 제시한 것은 대타 요원으로 나서라는 것이었다.

'솔직히 내키지 않았지!'

김대희에게서 그 이야기를 처음 들었을 때는 반발심이 불쑥 치밀었다. 그렇지만 서서히 생각이 바뀌기 시작한 계기는 둘이었다.

첫 번째 계기는 김대희 역시 욕심을 내려놓았다는 사실을 알고 나서였다.

심원 패롯스 부동의 주전 3루수!

김대희의 이름 앞에 따라붙던 수식어였다. 그런데 그는 지금 주전 3루수 자리를 김태식에게 내주고, 지명타자로 경기에 나서고 있었다.

그 결정을 내리기까지의 과정이 과연 쉬웠을까?

절대 그랬을 리 없었다.

그럼에도 불구하고 김대희는 3루 수비를 포기하고 지명타자로 경기에 나서는 과감한 결단을 내렸다.

팀을 위해서, 또 자신을 위해서.

또 하나의 계기는 더그아웃에서 지켜보았던 삼산 치타스와의 어제 경기였다.

어제 경기 승부처에서 삼산 치타스의 윤기원 감독은 고인수를 대타자로 내세웠다. 그리고 고인수는 톰 하디와의 대결에서 끝내기 홈런이 될 뻔했던 파울 홈런을 때렸다.

당시에 고인수가 때려냈던 파울 홈런은 더그아웃에서 지켜보던 강만호에게 강한 인상을 남겼다.

단 한 차례 타석에 등장해서 승부의 향방을 바꿔놓을 수 있는 역할.

대타자에게는 영웅이 될 기회가 부여됐다.

물론 영웅이 아닌 역적이 될 수도 있었다. 그러나 경기의 가장 중요한 승부처에서 타석에 등장해 영웅과 역적의 갈림길에 선다는 사실이 승부욕이 강한 강만호에게 짜릿함을 선사했다.

"강만호, 대타자로 나간다."

강만호가 상념에서 깨어난 것은 이철승 감독의 목소리를 듣고 나서였다.

이철승 감독은 7번 타자 조용기를 대신해서 이승열이나 윤두준이 아닌 자신에게 대타자로 나서라는 지시를 내렸다.

'왜 내게 기회를 주는 거지?'

아까도 생각했듯이 자신은 대타 요원 가운데서도 1순위가 아닌 3순위였다.

그런데 대체 왜 이철승 감독이 자신을 선택했는지 선뜻 이해가 하지 않았다. 그러나 강만호는 머리를 흔들어 의구심을 털어냈다.

지금은 이철승 감독이 왜 자신을 대타자로 내보내기로 결심했는지 여부가 중요한 것이 아니었다.

이철승 감독의 선택으로 결정적인 승부처에서 대타자로 나서게 되는 기회를 얻었다는 것이 훨씬 더 중요했다.

'일단… 기회는 찾아왔다!'

얼마 전에 대타 요원으로 경기에 나섰을 때와는 달랐다.

상황이, 또 마음가짐이 달랐다.

우선 큰 것 한 방이면 패색이 짙은 경기를 단숨에 뒤집을 수 있다는 상황이 달랐고, 대타자로 경기에 나서는 지금의 상황에 불만을 품지 않고 오히려 영웅이 될 수 있는 기회가 주어졌다는 사실에 감사하고 있는 마음가짐도 달랐다.

'감독님의 선택이 틀리지 않았다는 것을 증명하겠어. 그리고 오늘 경기의 영웅이 되겠어!'

강만호가 각오를 단단히 다지며 타석으로 들어섰다.

12. 영웅

비록 선발 출전 명단에서 제외됐지만, 강만호는 더그아웃에서 집중하기 위해 애썼다.

어쩌면 대타자로 경기에 나설 수도 있다는 생각을 갖고 있었기 때문이다.

'공략할 수 있다!'

더그아웃에서 지켜보았던 조던 사익스의 투구.

구속도, 구위도 평범했다. 그래서 심원 패롯스의 타자들이 대체 왜 조던 사익스를 상대로 고전하는지 잘 이해가 가지 않았었는데…….

슈아악!

부우웅!

직접 타석에서 경험한 조던 사익스의 공은 더그아웃에서 지켜보았던 것과는 또 달랐다.

조던 사익스가 초구로 커브를 던질 것이라 예상했던 것이 적중했음에도, 강만호는 배트에 공을 맞추지 못했다.

슈아악!

2구 역시 커브.

이를 악물고 다부지게 스윙했지만, 결과는 마찬가지였다.

'낙차의 폭이 다르다!'

강만호가 눈살을 찌푸렸다.

타석에 들어서서 상대한 두 개의 커브.

분명히 두 공 모두 커브였지만, 과연 같은 구종이 맞는가 하는 의문이 들 정도로 달랐다.

'이래서 고전했구나!'

조던 사익스가 던지는 공 끝이 너무 지저분하다고 혀를 내두르던 타자들의 불평은 단순한 엄살이 아니었다.

직접 타석에서 경험하고 나서야 강만호는 조던 사익스를 상대로 심원 패롯스 타자들이 고전한 이유를 알 수 있었다.

부웅. 부웅.

브레이킹 볼에 두 차례 모두 헛스윙을 하며 압도적으로 볼

리한 볼카운트에 몰린 강만호가 텅 빈 허공에 배트를 크게 돌렸다.

타석에서 마음먹은 대로 경기가 풀리지 않을 때마다 나오는 습관적인 행동.

우우!

우우우!

그 순간, 심원 패롯스의 원정 팬들이 쏟아낸 야유 소리가 강만호의 귓가로 파고들었다.

그 야유 소리를 듣고 슬쩍 미간을 찌푸렸던 강만호가 이내 다시 경기에 집중하기 위해 애썼다.

'이대로 쉽게 물러나지 않아!'

지금 쏟아지고 있는 저 야유를 다시 환호로 바꿔놓고 싶었다.

그 방법은 하나.

지금 자신의 앞에 찾아온 기회를 놓치지 않는 것이었다.

슈아악!

조던 사익스가 던진 3구째 공이 날아든 순간, 강만호가 다시 배트를 휘둘렀다.

틱!

홈 플레이트를 통과하는 순간 바깥쪽으로 휘어 나가는 슬라이더의 각은 예리했지만, 강만호가 휘두른 배트 끝에 걸리면서 파울 타구가 됐다.

슈아악!

그리고 4구째.

조던 사익스가 던진 구종은 커브였다.

'달라!'

1구와 2구째에 던졌던 공과 같은 구종이었지만, 낙차의 폭은 이번에도 달랐다.

'끝까지 보자!'

딱!

타석에서 세 번째 상대하는 커브이기에 어느 정도 적응이 됐다. 그래서 당황하는 대신 배트에 공을 맞추는 데 초점을 맞췄다.

배트를 내미는 것이 늦어서 타이밍이 엇나가긴 했지만, 배트의 끝부분에 걸린 타구는 3루 방면으로 날아갔다.

포구 지점을 예측하고 뒷걸음질을 치던 3루수가 필사적으로 점프하며 글러브를 높이 들어 올렸다. 그렇지만 타구는 3루수가 들어 올리고 있던 글러브를 살짝 넘기고 그라운드에 떨어졌다.

"파울!"

타구의 낙하지점이 파울라인을 살짝 벗어난 것을 확인한 심판이 파울을 선언했다.

그 순간, 삼산 치타스 홈 팬들이 안도의 탄성을 토해냈다. 그리고 안도한 것은 팬들만이 아니었다.

후우!

또 한 번 적시타를 허용할 뻔한 위기에 처했던 조던 사익스도 안도의 한숨을 내쉬고 있었다.

다시 타석으로 돌아오던 강만호가 조던 사익스의 반응을 힐끗 살핀 후, 희미한 웃음을 머금었다.

'준비는 마쳤다!'

조던 사익스의 공은 소문대로 지저분했다. 그래서 좋은 타구를 만들어내는 것이 어려웠다. 그러나 타석에서의 힘겨웠던 승부가 아무런 의미가 없었던 것은 아니었다.

'한 번은 직구를 던질 거야!'

강만호가 배트를 고쳐 쥐면서 포수와 신중하게 사인을 주고받고 있는 조던 사익스를 노려보았다.

이철승 감독이 대타자로 자신을 선택한 순간, 강만호는 타석에서 직구가 들어오기를 노리고 있었다.

비록 조던 사익스는 강만호가 원하던 직구 대신 브레이킹 볼을 계속 구사했지만, 강만호는 침착하게 대응하며 승부를 길게 끌었다.

'지금 직구 승부가 들어올 거야!'

그리고 마침내 조던 사익스가 직구를 던질 것이라는 확신을 품었다.

강만호가 이런 확신을 품은 이유!

우선 조금 전에 턱밑까지 추격할 수 있는 적시타가 될 뻔했던 타구가 삼산 치타스 배터리의 간담을 서늘케 만들었기 때문이다.

두 차례의 헛스윙 이후 빗맞은 파울, 그리고 적시타가 될 수도 있었던 비교적 잘 맞은 파울 타구까지.

조던 사익스와 4구까지 펼친 승부에서 강만호가 남긴 타격 기록이었다.

처음에는 조던 사익스의 브레이킹 볼에 전혀 대처하지 못했지만, 승부가 길어지면서 브레이킹 볼에 서서히 적응을 하며 대처하고 있었다.

그 사실을 삼산 치타스의 배터리가 눈치채지 못했을까?

그럴 리 없었다.

브레이킹 볼을 계속 구사하는 것은 너무 위험하다. 이제는 투구 패턴을 바꿀 때가 됐다.

이런 판단을 내렸을 터였다.

'삼산 치타스의 배터리가 선택할 구종은 직구!'

강만호가 확신을 가진 이유는 일전에 김대희가 건넸던 충고 때문이었다.

"내가 슬럼프에서 벗어날 수 있었던 또 하나의 이유는… 약점을 이겨냈기 때문이야. 약점을 극복하면 강점이 되거든."

김대희는 자신이 슬럼프에서 벗어날 수 있었던 결정적인 요인으로 크게 두 가지를 꼽았다.

하나는 수비 부담을 던 덕분에 타석에서 더 집중할 수 있었던 것이고, 또 하나는 약점을 극복했던 것이었다.

부상 이후 빠른 공에 배트 스피드가 따라가지 못한다는 약점.

각 팀의 전력 분석원들이 약점으로 지적한 부분을 극복해 내자, 오히려 강점으로 바뀌었다고 강조했다.

강만호도 마찬가지였다.

ㅡ부상 복귀 후 빠른 공에 배트 스피드가 따라가지 못한다.

각 팀의 전력 분석원들이 꼽은 강만호의 약점이었다. 실제로 강만호는 부상 복귀 후에 빠른 공 대처에 어려움을 겪었다.

강만호가 타석에 들어섰을 때마다 각 팀의 배터리들은 이 약점을 집요하게 물고 늘어졌고, 속절없이 당했다. 그로 인해 슬럼프는 길어졌었다.

그러나 이제는 상황이 조금 바뀌었다.

'해보자!'

강만호가 지그시 입술을 깨문 순간, 조던 사익스의 손에서 공이 떠났다.

슈아악!

강만호의 배트가 힘차게 돌아갔다.

따악!

완벽한 타이밍에 걸렸다.

손바닥에 전해지는 묵직한 느낌.

이 느낌이 너무 좋았다.

'이게… 얼마만이지?'

손바닥에서 시작된 묵직한 울림이 점차 온몸으로 번져가며 희열이 느껴졌다. 1루로 달려가는 것도 잊은 채 강만호는 그 울림이 선사하는 여운에 빠졌다.

부상 복귀 후 처음 느껴보는 강렬한 울림!

황홀할 정도로 기분이 좋았다.

'해냈다!'

조던 사익스가 던진 5구는 강만호의 예상대로 직구였다.

130㎞대 후반의 구속을 기록한 몸 쪽 직구.

4구 연속으로 120㎞대 초중반의 구속을 기록한 브레이킹 볼을 던진 상황.

조던 사익스는 구속이 130㎞대 후반인 자신의 직구에 강만호가 타이밍을 잡지 못할 것이라는 확신을 품었을 것이었다.

'만약 수 싸움에 실패했다면?'

그랬다면 승부는 조던 사익스의 예상대로 흘러갔으리라.

그러나 강만호는 일찌감치 몸 쪽 직구가 들어올 것이라는 확신을 가졌다. 그리고 몸 쪽 직구를 놓치지 않고 노려 쳤다.

'타구는?'

강만호가 뒤늦게 타구의 궤적을 눈으로 좇았다.

필사적으로 달려간 좌익수가 펜스에 등을 기대고 있었지만, 그는 점프하며 글러브를 들어 올릴 엄두도 내지 못했다.

강만호가 날린 타구가 외야 관중석 상단에 떨어졌기 때문이다.

역전 쓰리런 홈런!

내심 바라고 있던 결과를 얻어내는 데 성공한 강만호가 배트를 내던지고 천천히 그라운드를 돌기 시작했다.

쥐 죽은 듯이 고요해진 경기장.

그 침묵을 깨뜨린 것은 강만호가 3루 베이스를 밟고 홈 플레이트 쪽으로 뛰기 시작했을 때였다.

"강만호! 아직 살아 있네!"

"그래. 이제 강만호답네!"

"니가 짱이다!"

"앗싸, 역전이다!"

흥분한 심원 패롯스 원정 팬들의 고함 소리가 강만호의 귓가로 파고들었다.

아직 환호는 흘러나오지 않았다. 그렇지만 야유 소리가 사라졌다는 것만으로도 강만호는 일단 만족했다.

'나는… 아직 살아 있다!'

후우. 후우.

더그아웃으로 돌아와 팀원들과 하이파이브를 나눈 강만호가 털썩 주저앉은 채 가쁜 숨을 골랐다.

이렇게 숨이 가쁜 이유!

전력 질주를 해서 그라운드를 돌았기 때문이 아니었다.

아직까지도 강렬한 흥분과 희열이 가라앉지 않았기 때문이다. 이 흥분과 희열이 세포 하나하나를 다시 깨우는 느낌이었다.

그때였다.

"만호야, 잘했다!"

김대희가 다가와 주먹을 앞으로 내밀었다.

팍!

주먹을 들어 김대희가 내밀고 있던 주먹과 마주친 강만호가 환하게 웃고 있을 때, 이번에는 김태식이 다가왔다.

"만호야."

"네?"

"네가 오늘 경기의 영웅이다!"

영웅이란 표현, 무척 마음에 들었다.

강만호의 입가에 환한 웃음이 떠올랐다.

따악!

마무리 투수인 정기하가 던진 직구를 제대로 노려서 때린 타구는 빨랐다.

'내가 잡아야 해!'

타구의 방향을 확인한 태식이 본능적으로 판단을 내렸다.

2루 주자의 움직임을 묶기 위해서 2루 베이스 근처로 이동해 있던 유격수로서는 절대 잡을 수 없는 타구 방향이었다.

만약 이 타구가 뒤로 빠져서 좌전 안타가 된다면?

2사 후인 탓에 일찌감치 스타트를 끊은 삼산 치타스의 2루 주자가 득점을 올릴 가능성이 높았다.

현재 스코어는 5 : 4.

대타자로 나선 강만호가 8회 말에 극적인 쓰리런 홈런을 터뜨린 덕분에 겨우 역전에 성공했는데, 자칫 잘못하면 다시 동점이 될 수도 있는 위기였다

'무조건 잡는다!'

만약 동점을 허용한다면 승부의 향방은 다시 안갯속으로 빠져들 터였다. 그리고 강만호가 기록했던 역전 쓰리런 홈런도 빛이 바랠 터.

태식이 필사적으로 몸을 던졌다.

툭. 데구르르.

빠른 타구 판단과 순발력이 빛을 발했다.

태식이 몸을 날리며 쭉 뻗은 글러브 끝에 타구가 닿았다. 하지만 글러브 속에 타구를 넣는 것까지는 무리였다. 글러브 끝에 맞은 타구가 바닥을 굴렀다.

'막아냈다!'

'후우!'

일단 타구를 막아내는 데 성공한 태식이 내심 안도했다.

타구를 뒤로 빠뜨리지 않고 막아낸 것만으로도 충분히 훌륭한 수비였다. 2루 주자가 홈으로 쇄도해서 동점이 되는 상황을 막아냈으니까.

그렇지만 태식은 아직 만족하지 않았다.

마무리 투수인 정기하가 흔들리고 있는 상황.

다음 타자와의 승부에서 좋은 결과를 만들어내며 오늘 경기를 마무리 지을 수 있다는 확신이 없었다.

'여기서 끝내야 해!'

태식이 벌떡 몸을 일으켰다. 바닥을 구르고 있는 공을 맨손으로 낚아챈 태식이 재빨리 1루로 송구를 뿌렸다.

아슬아슬한 타이밍.

"아웃!"

간발의 차로 1루심이 아웃을 선언한 순간, 태식이 두 팔을 번쩍 들어 올렸다.

'이겼다!'

단순한 1승이 아니었다.

오늘 경기의 승리는 여러모로 의미가 컸고, 그래서 더욱 기쁨이 컸다.

'우리 팀이 단단해졌어!'

후반기에 접어들며 김대희가 슬럼프에서 탈출했고, 강만호까지 살아나면서 심원 패롯스의 약점이었던 결정력도 해결되기 시작했다.

그리고 아직 끝이 아니었다.

'헨리 소사!'

태식이 더그아웃에 서 있는 헨리 소사를 바라보았다.

길었던 재활을 마치고 성공적으로 1군 무대에 복귀한 헨리 소사는 다음 경기부터 라인업에 이름을 올릴 예정이었다.

김대희와 강만호가 슬럼프에서 탈출한 데다가, 천군만마나 다름없는 헨리 소사의 복귀까지.

용덕수와 하이파이브를 나누며 태식이 환하게 웃었다.

그동안 필사적으로 고민하면서 공을 들인 보람이 있었다.

이제야 심원 패롯스가 팀으로서 아주 단단해진 느낌이랄까.

모든 것이 좋았다.

그렇지만.

당시의 태식은 미처 알지 못했다.

전혀 예상치 못했던 암초를 만나게 될 것을.

13. 산 넘어 산

도깨비 팀!

후반기에 접어든 후, 심원 패롯스는 이렇게 불리기 시작했다.

7연승 후 3연패, 4연승 후 3연패, 2연승 후 2연패, 그리고 다시 2연승.

연승과 연패를 반복하고 있는 심원 패롯스는 연승을 달릴 때와 연패에 빠져 있을 때, 마치 전혀 다른 팀처럼 느껴질 정도로 극명히 대비됐다.

연승을 달리고 있을 때는 어느 팀과 붙어도 절대 지지 않을 것 같은 강팀의 면모를 드러낸 반면, 연패에 빠질 때는 어느 팀과 대결해도 이기지 못할 것 같다는 생각이 들 정도로 무기력한 면모를 드러냈다.

또 리그 순위에서 상위권에 올라 있는 팀들을 상대하며 연승을 기록하다가도, 약팀으로 분류되는 리그 순위 하위권 팀들을 상대로는 연패를 기록하는 경우가 잦았다.

이것이 야구팬들이 심원 패롯스를 도깨비 팀이라고 부르기 시작한 이유.

지난 네 경기에서 2연패 후 다시 2연승의 상승세를 타며 순위가 7위까지 치솟은 심원 패롯스는 교연 피콕스와의 3연전을 앞두고 있었다.

교연 피콕스의 순위는 리그 6위.

리그 7위를 달리고 있는 심원 패롯스와의 격차는 2게임이었다.

만약 심원 패롯스가 이번 3연전에서 스윕을 거둔다면, 심원 패롯스를 제치고 리그 6위로 올라설 수 있었다.

3연전 첫 경기.

심원 패롯스는 4선발인 윤동하를, 교연 피콕스는 팀의 에이스인 마이크 보우먼을 선발투수로 내세웠다.

―선발투수 대결에서 우세한 교연 피콕스의 우세.

경기 전, 전문가들의 예상이었다. 그리고 전문가들의 예상
은 적중했다.

윤동하는 경기 초반에 찾아온 위기를 넘기지 못하고 무너
졌다.

2와 2/3이닝 3실점.

3이닝을 버티지 못하고 마운드에서 내려간 윤동하가 남긴
기록이었다.

다행히 윤동하의 뒤를 이어 마운드를 이어받은 추격조에
속한 김혁이 호투하면서 더 이상의 실점을 허용하지 않았다.

그렇지만 심원 패롯스 타선이 마이크 보우먼의 호투에 철저
히 막히며 한 점도 따라붙지 못한 채 경기는 후반부로 접어들
었다.

7회 말, 심원 패롯스의 공격.

첫 타자로 태식이 등장했다.

'지금 따라붙지 못하면 오늘 경기는 어렵다!'

이번 이닝에서 최소 1점이라도 따라붙어야 남은 두 번의 공
격 찬스에서 동점 내지 역전을 바라볼 수 있었다.

첫 타석에서는 볼넷을 얻어 출루했지만, 두 번째 타석에서

는 평범한 외야플라이로 물러났던 태식이 타석에서 집중하기 시작했다.

태식의 타격감이 좋다는 것을 알기 때문일까.

마이크 보우먼은 신중하게 승부했다. 유인구 위주로 어렵게 승부하며 어느덧 풀카운트가 됐다.

슈아악!

크게 심호흡을 한 마이크 보우먼이 와인드업을 마치고 공을 던졌다.

'직구!'

타이밍을 맞추기 위해서 배트를 내밀던 태식이 도중에 움찔했다.

'슬라이더!'

홈 플레이트 근처로 공이 다가온 순간, 붉은색 실밥의 회전이 보였다.

그 회전의 방향을 통해서 바깥쪽 직구가 아니라 슬라이더임을 알아챈 태식이 배트를 도중에 멈춰 세웠다.

"볼넷!"

태식이 잘못 본 것이 아니었다. 바깥쪽 스트라이크존을 통과할 것처럼 보이던 마이크 보우먼의 6구는 마지막 순간에 휘어 나가면서 스트라이크존을 살짝 벗어났다.

"돌았어요!"

포수가 태식의 배트가 돌았다고 강하게 어필했지만, 판정은 번복되지 않았다.

무사 1루.

1차 목표였던 출루에 성공한 태식이 타석으로 들어서는 김대희를 바라보았다.

'타순이 나쁘지 않아!'

예전과는 달랐다.

헨리 소사가 재활을 마치고 라인업에 복귀하면서 심원 패롯스의 타순은 조정이 되어 있었다.

6번 타자: 김대희

7번 타자: 조용기

8번 타자: 헨리 소사

9번 타자: 용덕수

상위 타순은 변동이 없었지만, 하위 타순에 변동이 생겼다.

헨리 소사가 8번 타순으로 경기에 나서기 시작하면서, 기존에 8번 타순을 맡았던 용덕수는 9번 타순으로 이동했다. 그리고 기존에 9번 타순에 들어섰던 임태규가 타선에서 빠졌다.

2타수 1안타.

복귀전에 나선 헨리 소사는 지난 두 타석에서 안타 하나를 기록했다.

경기 감각이 떨어져서일까?

첫 타석에서는 원 바운드로 들어오는 공에 배트를 내밀어서 삼진으로 물러났다. 그렇지만 두 번째 타석에서는 전혀 다른 모습을 보였다.

펜스를 직접 때리는 큼지막한 2루타를 기록하며 자신의 존재감을 알렸다.

'하위 타순에 힘이 생겼어!'

따악!

경쾌한 타격음을 듣고서 태식이 상념에서 깨어났다.

후반기에 접어들면서 슬럼프에서 벗어난 6번 타자 김대희는 전반기와는 전혀 다른 선수로 바뀌어 있었다.

그동안의 부진을 모두 만회할 요량인 듯 타석에서 대단한 집중력을 발휘했다.

김대희가 욕심 내지 않고 가볍게 받아친 타구는 투수인 마이크 보우먼의 곁을 스치고 지나가는 중전 안타로 연결됐다.

무사 1, 2루.

태식이 두 눈을 빛내며 더그아웃 쪽으로 고개를 돌렸다.

'승부처!'

태식은 지금이 승부처라고 판단했다. 그리고 감독석에 앉아 있던 이철승 감독의 생각도 마찬가지인 듯 보였다.

감독석에서 일어난 이철승 감독은 대타 작전을 꺼내들었다.

"강만호. 대타자로 나가!"

7번 타순에 포진한 조용기를 대신해서 강만호가 대타자로 타석으로 걸어가는 순간, 관중석에서 고성이 잇따라 터져 나왔다.

"오늘도 한 건 해라!"

"오래 기다렸다!"

"우리 만호. 드디어 나왔네!"

"강만호, 파이팅!"

지난 번, 경기 후반부에 대타자로 등장해서 승부를 뒤집는 극적인 홈런을 터뜨린 임팩트는 무척 컸다. 팬들은 강만호가 또다시 극적인 활약을 펼치며 영웅으로 등극하길 기대하고 있었다.

'지쳤어!'

강만호에게로 향해 있던 태식은 시선을 옮겨 마이크 보우먼의 등을 노려보았다.

크게 들썩이는 등이 마이크 보우먼이 지쳤다는 증거였다.

'지칠 만하지!'

헨리 소사의 복귀, 그리고 강만호가 조용기를 대신해서 대타자로 등장하면서 심원 패롯스의 하위 타순은 무척 단단해지고, 또 강해졌다.

쉬어갈 곳이 없는 느낌이랄까.

태식이 베이스와의 거리를 조금씩 벌리면서 강만호와 마이크 보우먼의 대결에 집중하기 시작했다.

'집중하자!'

대타자는 매력이 있었다.

한 경기에 한 번 타석에 들어서는 것이 고작이었지만, 대타자가 타석에 들어서는 순간은 결정적인 승부처였다.

지금도 마찬가지였다.

0 : 3.

비록 3점차로 뒤지고 있는 상황이었지만, 무사 1, 2루의 찬스가 만들어져 있었다. 만약 여기서 홈런을 때려낸다면 줄곧 끌려가고 있던 오늘 경기의 균형추를 단숨에 맞춰놓을 수 있는 것이었다.

영웅이 될 수 있는 기회!

선발 출전해서 최소 서너 차례 타석에 들어설 때와는 또 달랐다.

타석에 설 기회가 많지 않기에 더욱 집중력을 발휘해야 했다.

'초구는… 직구일 확률이 높다!'

강만호의 약점을 교연 피콕스의 배터리도 알고 있는 상황.

초구부터 그 약점을 파고들 가능성이 높았다.

'바깥쪽이 아닐까?'

다음으로 코스를 예측하던 강만호는 바깥쪽 직구를 예상했다.

자칫 잘못해서 장타를 허용하면 동점이 될 수도 있는 상황인 만큼, 몸쪽 승부를 펼치기에는 위험성이 너무 컸다.

수 싸움을 끝낸 강만호가 잔뜩 웅크리고 있을 때, 마이크 보우먼이 와인드업을 했다.

슈아악!

'수 싸움이 적중했다!'

마이크 보우먼이 강만호를 상대로 선택한 초구.

바깥쪽 직구였다.

그것을 확인한 강만호가 자신 있게 배트를 휘둘렀다.

따악!

타격을 한 순간, 강만호가 슬쩍 미간을 찌푸렸다.

지난 경기처럼 홈런을 날리고 싶었는데.

타이밍이 늦었다. 배트 스피드가 구속을 따라가지 못했기 때문이다.

뜨지 못한 타구는 투수 쪽으로 향했다. 마이크 보우먼이 본능적으로 글러브를 쭉 내밀었지만, 빠른 타구를 잡기에는 역부족이었다.

투수의 곁을 빠르게 스치고 지나가 2루 베이스 위를 통과하는 타구.

'빠져라!'

중전 안타 코스였다. 그러나 주자 견제를 위해서 2루 베이스 쪽에 붙어 있던 유격수의 반응속도는 기가 막히게 좋았다.

당연히 빠질 것처럼 보이던 타구를 필사적으로 몸을 날리며 막아냈다.

툭. 데구르르.

'병살?'

유격수의 글러브 끝에 맞고 공이 튕겨 나오는 것을 확인한 순간, 강만호가 떠올린 것은 병살 플레이였다.

영웅이 아닌 역적!

만약 병살 플레이로 연결된다면, 강만호는 오늘 경기 패배의 원흉이자 역적이 될 확률이 높았다.

'병살은 안 돼!'

배트를 내던진 강만호가 전력 질주를 하기 시작했다.

병살 플레이만은 막고 싶었다. 그래서 필사적으로 달린 강만호의 발이 베이스에 닿은 순간, 1루수가 내밀고 있는 글러브에도 송구가 도착했다.

'아웃? 세이프?'

아슬아슬한 타이밍.

서둘러 고개를 돌린 강만호의 눈에 1루심이 가로로 팔을 벌리는 것이 들어왔다.

"세이프!"

강만호의 발이 베이스에 닿은 것이 송구가 도착한 것보다 조금 빨랐다고 판단한 1루심은 세이프를 선언했다.

후우.

그것을 확인한 강만호가 일단 안도의 한숨을 내쉬었다. 최악의 상황인 병살은 간신히 면했기 때문이다. 그러나 강만호의 표정은 밝아지지 않았다.

경기 후반의 승부처에서 대타자로 등장해서 오늘 경기의 영웅이 되고 싶었는데.

야구는 마음처럼 되지 않았다.

하마터면 병살타를 때려서 영웅이 아닌 역적이 될 뻔했던 위기를 간신히 넘긴 강만호가 쓰게 웃었다.

'이제 또 야유가 쏟아지겠군!'

팬들의 기대에 미치지 못한 타격이었다. 그래서 당연히 자신에게 야유가 쏟아질 거라 예상했던 강만호가 이내 고개를 갸웃했다.

야유 소리가 들려오지 않는다는 사실을 깨달았기 때문이다.

'왜 야유가 쏟아지지 않는 거지?'

강만호가 조심스럽게 고개를 들었다. 그리고 관중석을 살피던 강만호가 의아한 표정을 지었다.

관중들은 자신에게 야유를 쏟아내지 않았다. 오히려 자신을 향해 박수를 쳐주는 관중들이 곳곳에 보였다.

'내게 왜 박수를 쳐주는 거지?'

지금 상황이 제대로 이해가 가지 않았다. 그래서 의아함을 품었던 강만호의 시선에 김태식이 들어왔다.

3루 베이스 위에 올라서 있는 김태식도 자신을 보면서 박수를 쳐주고 있었다.

'하마터면 병살로 연결될 뻔한 타구를 날렸는데 내게 박수를 쳐준다?'

영문을 모르겠다는 표정을 짓고 있던 강만호가 지그시 입술을 깨물었다.

김태식이, 그리고 팬들이 자신에게 박수를 보내는 이유.

예전의 플레이와 방금 전의 플레이가 달랐기 때문이다.

어차피 아웃이 될 것이다. 그러니 군이 전력 질주를 해서 부상 위험을 감수할 필요도, 또 아까운 힘을 뺄 이유도 없다.

부상에서 복귀한 후, 이렇게 미리 지레짐작을 해버리고 1루까지 전력 질주를 하지 않았던 경우가 태반이었다.

그렇지만 이번에는 달랐다. 어떻게든 병살 플레이로 연결되는 것만은 막아야 한다는 생각에 강만호는 전력 질주했다.

이것이 이전 자신의 플레이와 다른 점.

아무리 생각해 봐도 차이는 이것뿐이었다.

'나는 정말 한심했구나!'

그동안 줄곧 선발 라인업에 이름을 올렸다. 그러다 보니 어느덧 타성에 젖어서 당연한 것을 지키지 못했다.

—프로 선수는 어떤 순간에도 최선을 다해 플레이를 해야 한다.

부지불식간에 초심을 잃어버렸었는데.

대타자로 경기에 나서고 나서야 한 타석, 한 타석의 소중함을 새삼 다시 깨달을 수 있었다.

'선배가 진짜 말하고 싶었던 것, 이거였군요!'

강만호가 2루에서 포스아웃을 당하고 더그아웃에 돌아가는 김대희를 바라보았다.

그 시선을 느꼈을까?

문득 고개를 돌린 김대희는 그걸 이제 깨달았냐는 듯이 환하게 웃고 있었다.

14. 아임 백(I'm back)

 아무리 좋은 타자라도 매 타석마다 홈런이나 안타를 기록할 수는 없는 법이었다.

 강만호가 잘 받아친 안타성 타구가 유격수의 호수비에 걸린 것은 분명히 아쉬운 부분이었지만, 이것이 야구였다.

 그리고 아직 찬스는 끝난 것이 아니었다.

 강만호가 전력 질주를 해서 병살 플레이가 되는 것을 면한 덕분에, 1사 1, 3루의 찬스는 여전히 이어지고 있었다.

 타석에는 8번 타자인 헨리 소사가 들어섰다. 그 순간, 마이크 보우먼이 한숨을 내쉬는 것이 보였다.

산 넘어 산이라는 표현.

지금 상황에 딱 어울리는 표현이었다.

강만호라는 산을 간신히 넘고 나자, 이번에는 헨리 소사라는 또 다른 거대한 산이 마이크 보우먼을 기다리고 있었다.

크게 들썩이는 마이크 보우먼의 너른 등을 노려보던 태식이 타석에 들어서 있는 헨리 소사를 살폈다.

부상에 재활까지.

헨리 소사는 장기간 그라운드를 떠나 있었다.

오래간만의 복귀전인 만큼, 분명히 부담이 있을 터였다. 실제로 복귀 후 첫 타석에서 원 바운드 볼에 헛스윙을 하는 바람에 삼진을 당하던 모습에서는 그가 느끼는 무거운 부담감이 느껴졌다. 그렇지만 그 부담감은 두 번째 타석에서 큼지막한 2루타를 만들어내면서 어느 정도 털어낸 후였다.

'그런데 왜 불만이 가득한 표정일까?'

거칠게 콧김을 내뿜으며 마운드에 서 있는 마이크 보우먼을 째려보고 있는 헨리 소사의 표정에는 불만이 가득 떠올라 있었다.

그 이유에 대해 고민하던 태식의 입가로 이내 희미한 미소가 떠올랐다.

"많이 조급해. 그리고 8번 타순에 배치된 것 때문에 불만을 품었어."

헨리 소사가 조급한 이유.

그가 언제든지 계약 해지를 당할 수 있는 외국인 용병이었기 때문이다.

실제로 헨리 소사가 경기 중에 부상을 당했을 때, 대체 용병을 영입해야 한다는 주장이 프런트와 팬들을 중심으로 흘러나왔었다. 그리고 그런 주장은 헨리 소사가 재활 과정을 거치고 있을 때도 꾸준히 흘러나왔다. 그렇지만 이철승 감독은 헨리 소사가 재활을 마치고 돌아올 때까지 기다려 주었다.

"헨리 소사보다 더 나은 외국인 타자를 구할 수 있다는 확신이 없다."

이철승 감독이 이런 논리를 펼치면서 끝까지 신임해 준 덕분에 헨리 소사는 심원 패롯스의 유니폼을 입고 다시 그라운드에 복귀할 수 있었던 것이었다.

어쨌든 부상과 재활 과정을 거치면서 헨리 소사는 꽤 긴 시간 동안 경기에 나서지 못했다. 그사이 심원 패롯스는 타격에서 어려움을 겪었고, 부상으로 인한 경력 단절은 내년 시즌 재계약에도 악영향을 미칠 가능성이 높았다.

"내년 시즌에도 심원 패롯스에서 뛰고 싶소."

올 시즌 초반에 했던 인터뷰에서 밝혔던 대로 헨리 소사는 내년 시즌에도 KBO 리그에서 뛰고 싶다는 욕심과 목표를 갖고 있었다.

그 목표를 달성하기 위해서는 얼마 안 남은 기간 동안 자신의 실력과 가치를 증명해야 한다는 숙제가 헨리 소사에게 남아 있었다.

그로 인해 가뜩이나 마음이 조급한 헨리 소사인데.

이철승 감독은 재활을 마치고 복귀한 그를 8번 타순에 배치했다.

적응을 돕기 위한 배려!

이철승 감독이 헨리 소사를 8번 타순에 배치한 것은 오랜만에 경기에 복귀한 헨리 소사의 부담을 덜어주기 위한 나름의 배려였다. 그러나 헨리 소사를 이철승 감독의 배려를 달가워하지 않았다.

하위 타순인 8번 타순에 배치되면 상위 타순에 배치될 때보다 경기 중에 타석에 들어서는 횟수가 줄어들 가능성이 높았기 때문이다.

정규 시즌 종료까지 얼마 남지 않은 시점.

남은 기간 동안 스스로의 실력과 가치를 증명해 내야 하는 숙제를 안고 있는 헨리 소사의 입장에서는 한 번이라도 더 타석에 들어서고 싶을 터였다.

이것이 지금 타석에 들어서 있는 헨리 소사가 거칠게 콧김을 내뿜으며 불만을 드러내고 있는 이유였다.

'이게 안 좋은 영향을 미칠까?'

태식이 고개를 내저었다.

헨리 소사는 기본적으로 타격 능력을 갖추고 있었다. 게다가 자신에게 주어진 숙제를 어떻게든 해내기 위해 타석에서 최고의 집중력을 발휘하고 있는 상황.

오히려 좋은 영향을 미칠 확률이 높았다.

슈아악.

"볼!"

투 볼 투 스트라이크 상황에서 마이크 보우먼이 던진 회심의 유인구에 속지 않고 잘 참아낸 것이 헨리 소사의 집중력이 최고조라는 것을 증명하고 있었다.

풀카운트에서 맞이한 6구째.

슈아악!

마이크 보우먼이 이를 악물고 던진 커브는 높게 형성된 채로 가운데로 몰렸다.

따악!

타석에서 최고의 집중력을 발휘하고 있는 헨리 소사는 마이크 보우먼의 실투를 놓치지 않았다.

잔뜩 웅크리고 있던 헨리 소사가 매섭게 배트를 휘둘렀고, 쭉쭉 뻗어나간 타구는 외야 펜스를 훌쩍 넘기고 떨어졌다.

쓰리런 홈런.

경기를 원점으로 돌리는 홈런이 터졌다.

"I'm back!"

천천히 그라운드를 돌아서 홈 플레이트를 통과한 헨리 소사가 마치 들으라는 듯이 괴성을 내질렀다.

쫘악!

그런 그와 하이파이브를 나누며 태식도 화답했다.

"Welcome back!"

3 : 3.

헨리 소사가 터뜨린 추격의 쓰리런 홈런 덕분에 균형추가 맞추어진 상태로 경기는 8회에 접어들었다.

승부가 원점으로 돌아간 상황.

그렇지만 경기 후반부에 추격에 성공한 심원 패롯스 쪽으로 경기의 분위기는 기울어 있었다.

헨리 소사의 극적인 동점 홈런으로 인해 기세를 탄 심원 패롯스의 타선은 8회 말에도 찬스를 만들었다.

8회 말의 첫 타자로 나선 2번 타자 임현일은 '바뀐 투수의 초구를 노려라'는 야구 격언을 충실히 따랐다.

마이크 보우먼의 뒤를 이어 8회 말에 마운드에 올라온 민영삼. 이제 막 마운드에 올라온 그의 초구를 노려 쳐서 우중간을 반으로 가르는 2루타를 터뜨렸다.

틱. 데구르르.

이번 찬스에서 추가점을 올리면 경기를 잡을 수 있다고 확신한 이철승 감독은 번트 작전을 지시했다. 그리고 3번 타자 최순규는 이철승 감독의 기대대로 희생 번트를 성공시켰다.

1사 3루 상황.

타석에는 4번 타자 이명기가 들어섰다.

대기 타석에 들어선 태식이 이명기를 바라보았다.

'만약 명기가 해결하지 못하면, 내가 할 수 있다. 그리고 내가 하지 못하면, 대회가 뒤에 받치고 있다!'

태식이 막 그렇게 판단한 순간이었다.

따악!

이명기는 노련한 타자답게 지금 상황에서 가장 필요한 것이 무엇인지 알고 있었다. 욕심을 내는 대신 힘들이지 않고 가볍게 밀어 쳐서, 외야플라이를 만들어냈다.

3루 주자를 홈으로 불러들이기 충분한 깊은 외야플라이.

4 : 3.

마침내 역전에 성공한 순간, 태식이 환하게 웃었다.

'많이 달라졌다!'

예전의 심원 패롯스와 지금의 심원 패롯스.

분명히 달랐다.

예전의 심원 패롯스는 경기 후반에 뒤지고 있으면 승부를 뒤집을 힘이 없었다. 그러나 지금의 심원 패롯스는 경기 후반에 뒤지고 있더라도 따라붙을 힘이 있었다.

뒤지고 있더라도 지지 않을 것 같은 느낌이랄까.

2사 주자 없는 상황.

부담을 덜어낸 태식이 타석으로 들어섰다.

심원 패롯스와 교연 피콕스의 3연전 두 번째 경기.

심원 패롯스는 첫 경기에서 역전승을 거둔 기세를 이어나가지 못했다.

선발투수인 양동주가 초반부터 흔들렸기 때문이다.

4와 2/3이닝 5실점.

양동주는 끝내 5이닝을 채우지 못하고 마운드를 내려갔다.

"도깨비 팀이라."

7회 초 심원 패롯스의 공격.

더그아웃에 앉아서 그라운드를 응시하던 태식이 작게 혼잣말을 꺼냈다.

후반기에 접어든 후 연승과 연패를 반복하고 있는 심원 패롯스를 야구팬들은 도깨비 팀이라고 불렀다.

그러나 태식이 판단하기에 심원 패롯스는 도깨비 팀이 아니었다.

"우리 팀은 강해!"

지명타자 김대희와 대타자 강만호가 차례로 슬럼프에서 벗어나 활약하기 시작하면서 심원 패롯스는 서서히 강팀으로 변모하기 시작했다.

그들이 다가 아니었다.

재활을 마치고 복귀한 헨리 소사도 이철승 감독이 신임하며 기대했던 대로 훌륭한 활약을 펼치며 심원 패롯스 타선에 힘을 불어넣어 주고 있었다.

실제로 연승과 연패를 번갈아 반복하고 있었지만, 심원 패롯스의 후반기 승률은 무려 7할에 육박했다.

그럼에도 태식은 아쉬움이 남았다.

"좀 더 승수를 쌓을 수 있었는데."

심원 패롯스는 더 많은 승수를 쌓을 기회가 충분히 있었다. 그렇지만 그것이 불가능했던 이유는…….

"내가 문제야!"

태식이 길게 한숨을 내쉬었다.

어제 경기에서 심원 패롯스가 극적인 역전승을 거두긴 했지만, 그 과정에서 태식의 역할은 크지 않았다.

2타수 무안타.

볼넷 두 개를 얻어내긴 했지만, 안타를 때려내는 데 실패했다. 그리고 안타를 만들어내지 못한 것은 오늘 경기도 마찬가지였다.

3타수 무안타.

오늘 경기 5번 타자로 출전해서 교연 피콕스의 2선발인 잭 니퍼슨을 세 차례 상대했지만, 태식은 하나의 안타도 기록하지 못 했다.

물론 잭 니퍼슨의 구위가 뛰어난 것은 사실이었다. 또, 매 경기 안타를 때려내는 것은 불가능한 일이었다.

그렇지만 태식은 심각함을 느끼고 있었다.

"타격 메커니즘에… 문제가 생겼어!"

0.352.

심원 패롯스로 이적한 후 태식의 타율은 한때 4할 언저리까지 치솟았다. 그렇지만 지금은 3할 5푼에 간신히 턱걸이를 하고 있었다.

물론 3할 5푼의 타율도 훌륭했다. 그러니 비난을 받기는커녕 칭찬을 받아 마땅했다. 하지만 태식은 웃지 못했다.

태식이 진짜 우려하는 부분.

바로 타격 슬럼프가 길어질 기미를 보이고 있다는 점이었다.

따악!

심각한 표정의 태식이 상념에서 깨어난 것은 묵직한 타격음을 듣고 나서였다.

오늘 경기의 양상은 어제 경기와 비슷했다.

차이점은 두 가지.

우선 어제 경기에서는 3점차로 뒤지고 있었는데, 오늘 경기에서는 5점차로 뒤지고 있었다. 또, 심원 패롯스가 추격할 수 있는 찬스를 잡은 것이 7회가 아니라 8회라는 것 정도였다.

8회말, 2사 1, 2루 찬스에서 타석에 들어선 것은 헨리 소사였다.

오늘 경기에도 8번 타순에 포진한 헨리 소사의 표정은 밝지 않았다.

명색이 용병 타자인데 복귀전에 이어 복귀 후 두 번째 경기에서도 여전히 하위 타순에 포진되어 있다는 것이 자존심을 상하게 만들었을 터.

게다가 빨리 상위 타선으로 올라가서 타석에 더 많이 서야한다는 조급함도 헨리 소사의 어두운 표정에 일조했다.

이건 명백한 감독의 실수다. 내가 오늘 경기를 통해서 감독이 실수하고 있다는 것을 증명해 주겠다.

이렇게 단단히 각오를 다지고 나온 헨리 소사는 풀카운트에서 잭 니퍼슨이 승부구로 던진 포크볼을 힘차게 걷어 올렸다.

따악!

묵직한 타격음이 그라운드에 울려 퍼진 순간, 태식이 벌떡 일어났다.

타이밍이 살짝 늦었다는 느낌이 있었다. 그렇지만 헨리 소사는 특유의 손목 힘을 바탕으로 끝까지 팔로 스윙을 가져가면서 타구를 멀리 보냈다.

일찌감치 펜스 앞에 도착해 펜스에 등을 기대고 있던 좌익수가 포구 타이밍을 잡고 높이 점프했다.

그러나 타구는 좌익수가 번쩍 들어 올리고 있던 글러브를 살짝 넘겼다.

추격의 시작을 알리는 쓰리런 홈런.

'넘어갔다?'

헨리 소사의 타구가 홈런이 됐다는 사실을 깨달은 태식이 고개를 절레절레 내저었다.

분명히 펜스 앞에서 잡힐 거라고 생각했는데.

헨리 소사의 힘은 태식의 예상을 넘어섰다.

"이래도 날 계속 8번 타순에 포진시킬 것이냐?"

거칠게 콧김을 내뿜으면서 더그아웃으로 돌아오는 헨리 소사를 바라보던 태식이 두 눈을 빛냈다.

3 : 5.

헨리 소사의 홈런으로 격차가 2점차로 줄어든 상황.

경기를 역전시킬 수 있다는 희망이 생겼기 때문이다.

분위기가 심상치 않음을 느껴서일까?

교연 피콕스의 감독인 양진문이 마운드로 올라왔다. 그리고 양진문 감독은 잭 니퍼슨을 내리고 마무리 투수인 임창모를 올렸다.

그러나 헨리 소사의 추격하는 쓰리런 홈런으로 기세가 올라간 심원 패롯스 타선을 상대로 임창모는 고전했다.

오늘 경기 9번 타자로 나선 용덕수에게 볼넷을 허용했다.

2사 1루!

승부처임을 직감한 이철승 감독은 강만호를 대타자로 내세웠다.

15. 융통성

와아!

와아아!

심원 패롯스의 홈구장은 팬들의 함성으로 뜨겁게 달아올라 있었다.

3 : 5.

8회 말에 터진 헨리 소사의 연속 경기 홈런이자 쓰리런 홈런으로 인해 추격 분위기가 만들어졌기 때문이다.

용덕수의 볼넷으로 2사 1루 상황에서 이철승 감독은 리드오프인 이종도 대신 강만호를 대타자로 내세웠다.

"홈런! 홈런!"

"오늘도 하나 부탁한다!"

"강만호 파이팅!"

강만호가 대타자로 타석에 들어선 순간, 심원 패롯스 홈 관중들이 일제히 연호했다.

얼마 전부터 주로 대타자로 경기에 출전하고 있는 강만호의 활약이 이어지자, 홈 관중들의 냉담하던 시선이 바뀌기 시작했다. 그래서 강만호가 타석에 들어서자 기대에 찬 함성을 내지르는 것이었고.

더그아웃에서 그 모습을 지켜보던 태식이 희미한 웃음을 머금었다.

마운드에 서 있는 임창모를 잡아먹을 듯이 매섭게 노려보고 있는 강만호의 눈빛은 무척 강렬했다.

타석에서 오롯이 승부에 집중하고 있다는 것이 고스란히 전해지고 있었다.

"다시 예전의 강만호로 돌아오고 있네!"

지금 타석에 서 있는 강만호는 리그 최고의 공격형 포수라고 인정받던 예전 그 모습이었다.

따악!

그리고 타석에서의 집중력은 좋은 결과로 이어졌다.

임창모가 혼신의 힘을 다해 던진 152㎞의 직구!

하지만 살짝 가운데로 몰렸고, 강만호는 그것을 놓치지 않았다.

높이 솟구친 타구가 펜스를 넘기며 동점 투런 홈런이 된 순간, 그라운드는 한층 더 뜨겁게 달아올랐다.

와아!

와아아!

대타자로 등장한 강만호가 동점 투런 홈런을 터뜨린 순간, 홈 팬들이 내지르기 시작한 환호성이 박순길의 귓가를 때렸다.

"그래. 이거지!"

흐뭇한 웃음을 입가에 머금은 채 그라운드를 돌고 있는 강만호를 지켜보던 박순길의 표정에서 이내 웃음기가 사라졌다.

외야 관중석에 앉아 있던 박순길이 그라운드에서 시선을 떼고 못마땅한 표정을 지은 채 경기장을 둘러보았다

약 절반가량 비어 있는 관중석이 박순길의 눈에 들어왔다.

"빈자리가 너무 많군."

심원 패롯스의 단장인 박순길의 입장에서는 신경이 쓰이지 않을 수 없는 부분이었다. 그래서 짤막한 한숨을 내쉰 박순길이 다시 그라운드로 시선을 던졌다.

5 : 5.

경기 후반인 8회 말에 터진 강만호의 극적인 동점 홈런으로 경기는 다시 원점으로 돌아와 있었다.

이렇게 극적인 상황이 연출됐으니, 그라운드는 지금보다 더 뜨거워야 했다. 그렇지만 관중석이 많이 빈 탓에 그라운드의 열기가 더 뜨거워지지 못하는 점이 박순길은 못내 아쉽게 느껴졌다. 그리고 겨우 달아올랐던 그라운드의 열기는 빠르게 식어갔다.

"스트라이크아웃!"

분위기를 탄 상황에서 타석에 들어섰던 2번 타자 임현일이 삼진으로 물러나며, 심원 패롯스의 8회 말 공격은 그대로 끝이 났다.

이어진 9회 초.

심원 패롯스는 다시 위기에 처했다.

9회 초, 동점 상황에서 마운드로 올라온 마무리 투수 정기하는 갑작스러운 제구 난조를 드러냈다.

볼넷 두 개를 허용하면서 자초한 위기를 결국 넘지 못한 정기하는 다시 적시타를 허용하고 말았다.

5 : 6.

정기하가 후속 타자를 외야플라이로 잡아내면서 급한 불을 끄긴 했지만, 이미 경기는 뒤집혀 있었다.

이제 9회 말 심원 패롯스의 마지막 공격만이 남은 상황.

박순길이 고개를 돌렸다.

"자네의 관전평을 들어보고 싶군."

박순길이 제안했지만, 긴장한 기색이 역력한 장원우는 선뜻 입을 열지 못하고 망설이고 있었다.

"편하게 말해보게."

박순길이 재촉하고 나서야, 장원우가 입을 떼기 시작했다.

"제가 보기에 전반기에 비하면 심원 패롯스는 후반기에 훨씬 좋은 팀이 되었습니다."

"좋은 팀이 된 이유는?"

"김대회와 강만호, 두 선수가 살아났기 때문입니다."

"그래. 내 생각도 마찬가지야."

박순길이 만족스러운 표정으로 맞장구를 쳤다. 그러나 이내 표정을 굳히며 다시 입을 뗐다.

"그래도 여전히 우리 팀의 순위는 7위지."

"그건… 전반기에 워낙 승수를 쌓지 못해서입니다."

"맞아. 전반기에는 너무 형편없었지."

그 생각에 동의한다는 듯 희미하게 고개를 끄덕이던 박순길이 다시 물었다.

"가을 야구, 할 수 있을까? 자네가 보기에는 어때?"

"아마… 어려울 겁니다."

"어렵다? 그렇게 판단한 이유는?"

박순길은 심원 패롯스의 단장.

그런 자신의 앞에서 장원우는 심원 패롯스가 올 시즌 가을 야구에 참가하기 어려울 거라는 전망을 했다.

혹시 자신의 기분이 상하지 않았을까 하는 걱정 때문에 연신 눈치를 살피고 있던 장원우가 조심스럽게 대답했다.

"제가 그렇게 판단한 이유는… 감독입니다."

"감독?"

"이철승 감독의 선수 기용 방식이 심원 패롯스의 약점이라고 생각합니다."

"좀 더 자세히 말해보게."

"이미 검증이 끝난 선수들을 활용하지 않기 때문에, 좀 더 높은 순위로 치고 올라갈 수 있는 기회를 자꾸 놓치고 있다고 생각합니다."

"흐음, 아주 좋은 의견이야."

심원 패롯스에는 김대희와 강만호를 비롯해서 이미 검증이 끝난 좋은 선수들이 많았다. 그렇지만 김대희는 지명타자로, 그리고 강만호는 고작 대타 요원으로 경기에 나서고 있었다. 또, 당장 1군 무대에서 맹활약할 수 있는 좋은 선수들도 자리가 없어서 2군에서 머무르고 있는 상황이었다.

이것이 장원우가 방금 꺼낸 말의 요지.

"아아!"

그때, 홈 관중들의 탄식이 흘러나왔다.

9회 말, 심원 패롯스의 마지막 공격!

선두 타자였던 3번 타자 최순규는 초구를 건드려서 내야 땅볼로 물러났고, 뒤이어 타석에 등장한 것은 팀의 4번 타자인 이명기였다.

올 시즌 내내 특별한 기복 없이 꾸준한 활약을 펼치고 있는 이명기였지만, 오늘 경기 마지막 타석에서는 팬들의 기대에 미치지 못했다.

임창모의 커터에 헛스윙을 해 삼진으로 물러났다.

그렇지만 홈 관중들은 끝까지 포기하지 않았다.

"김태식, 파이팅!"

"동점 홈런 하나 날려라!"

"해결사 김태식!"

9회말 2사 주자 없는 상황에서 김태식이 타석에 등장하자, 홈 관중들이 기대에 찬 응원과 함성을 아낌없이 보냈다.

귓가로 파고드는 그 함성 소리를 듣고 있던 박순길이 미간을 슬쩍 찡그리며 입을 뗐다.

"마음에 안 드는군."

교연 피콕스의 마무리 투수 임창모는 좋은 투수였다.

올 시즌 벌써 31세이브를 올리며 세이브 부문 공동 2위를 달리고 있었고, 블론 세이브, 즉 세이브 상황에서 등판해서 동점이나 역전을 허용한 것이 오늘 경기까지 포함해서 네 차례에 불과했다.

그 네 차례 블론 세이브 가운데 하나는 태식도 깊숙이 연루되어 있었다.

끝내기 홈런.

마경 스왈로우스 소속 선수이던 당시, 대타자로 올 시즌 1군 무대 첫 타석에 들어섰던 태식이 상대했던 것이 바로 임창모였다. 그리고 태식은 당시 임창모를 상대로 끝내기 홈런을 터뜨렸었다.

태식이 평생 잊지 못할 정도로 강렬했던 기억.

그리고 당시의 기억이 강렬하게 남은 것은 태식만이 아니었다.

듣보잡이나 마찬가지였던 태식에게 끝내기 홈런을 얻어맞아서 불의의 블론 세이브를 허용했던 임창모에게도 절대 잊기 힘든 기억일 터였다.

태식이 타석에 등장한 순간, 투쟁심이 느껴지는 강렬한 안광을 흩뿌리는 것이 임창모가 당시의 기억을 잊지 않았다는 증거였다.

'쉽지 않겠군!'

마운드에 서 있는 임창모의 집중력은 대단했다. 게다가 지난번에 만났을 때와는 상황이 많이 달랐다.

우선 정보 측면이 달랐다.

당시의 태식은 팬들은 물론 선수들 사이에서도 잊힌 선수.

강상문 감독의 지시로 대타자로 타석에 들어섰던 태식은 베일에 가려져 있었다고 해도 과언이 아니었다.

즉, 당시의 태식에 대한 정보는 전무하다시피 했다.

그렇지만 태식이 경기에 출전하는 횟수가 늘어나면서, 이제는 어느 정도 분석이 되어 있는 상태였다.

또 하나 다른 점은 임창모의 마음가짐이었다.

당시의 임창모는 태식을 전혀 경계하지 않았다. 그저 퇴물 취급을 받는 한물간 선수라고 판단했을 테니까.

그렇지만 지금은 달랐다.

이미 방심했다가 태식에게 끝내기 홈런을 얻어맞은 경험을 임창모는 갖고 있었다. 또, 경기 출전 빈도가 늘어난 태식의 타격 성적이 훌륭하다는 것도 알고 있는 상황.

임창모는 지난번과 달리 충분히 경각심을 가진 채 태식을 상대하고 있었다.

'직구 승부는 안 할 거야!'

태식이 이렇게 확신을 품은 이유.

임창모가 지난번에 직구를 던지다가 태식에게 끝내기 홈런을 얻어맞았기 때문이다.

당시의 기억을 잊지 않고 곱씹고 있을 임창모인 만큼, 섣불리 직구 승부를 펼치지 않을 것이라고 확신했는데.

슈아악!

임창모가 이를 악물고 던진 초구는 태식의 의표를 찔렀다.

구속 153㎞의 직구.

임창모가 직구와 커터를 주로 사용하는 투 피치 유형의 투수인 만큼, 커터가 들어올 거라 예상했던 태식은 배트를 내밀어보지도 못 했다.

"스트라이크!"

바깥쪽 꽉 찬 직구가 스트라이크로 선언된 순간, 태식의 머릿속이 복잡하게 헝클어졌다. 그리고 임창모는 태식에게 생각을 정리할 시간을 주지 않았다.

슈아악!

2구째로 던진 공이 태식의 몸 쪽으로 파고들었다. 직구라 판단하고 태식이 휘두른 배트는 허공을 갈랐다.

'커터!'

직구와 전혀 구분이 안 될 정도로 빠르게 파고들다가 마지막 순간에 살짝 휘어지는 임창모의 커터는 소문대로 명품이었다.

노 볼 투 스트라이크.

불리한 볼카운트에 몰린 태식이 복잡한 머릿속을 비우기

위해 애썼다. 그리고 배트를 고쳐 쥐며 두 눈에 힘을 주었다.

슈아악!

임창모의 손에서 공이 떠난 순간, 태식이 두 눈을 빛냈다.

'커터다!'

실밥의 회전이 정확히 보였다.

그 실밥의 회전을 통해서 직구가 아니라 커터임을 확신한 태식이 지체 없이 배트를 휘둘렀다.

딱!

그 순간, 둔탁한 타격음이 흘러나왔다.

이미 커터임을 간파하고, 확신을 갖고 한 스윙이었다. 그래서 최소 2루타 이상의 장타가 되길 기대했는데.

헛된 기대에 불과했다.

높이 솟구친 타구는 내야를 벗어나지 못했다. 그리고 유격수가 여유 있게 타구를 잡아내면서 경기는 그대로 종료됐다.

*   *   *

"아까운 힘만 뺐군!"

박순길이 팔짱을 풀면서 관전평을 꺼냈다.

아쉬운 기색을 감추지 못한 채 경기장을 빠져나가는 심원 패롯스의 홈 관중들을 힐끗 살피던 박순길이 장원우에게 고개를 돌렸다.

"자네가 감독이었다면, 오늘 경기를 잡아낼 수 있었을까?"

"네?"

"만약 자네가 심원 패롯스의 감독이었다면, 오늘 경기의 승패를 뒤집을 수 있었겠냐고 물었네."

간신히 말귀를 알아들은 장원우가 고개를 끄덕였다.

"뒤집을 수 있었습니다."

"무슨 수로?"

"네?"

"무슨 수로 경기를 뒤집었을 거냐고 물었네."

"그건……."

경기를 뒤집을 방법까지 질문할 거라고는 예상치 못했기 때문일까?

장원우는 당황한 기색이 역력했다.

아무런 대답도 하지 못하고 말끝을 슬그머니 흐리고 있는 장원우를 곁눈질로 살핀 박순길이 코웃음을 흘렸다.

지금 자신의 곁에 앉아 있는 장원우의 심리 상태를 박순길은 능히 짐작할 수 있었다.

심원 패롯스의 단장인 자신이 만나길 원한다는 이야기를 전해 들었을 때, 장원우의 머릿속에는 오만가지 생각이 떠올랐으리라.

그런 장원우는 내심 프로야구 팀인 심원 패롯스의 감독을 맡고 싶다는 욕심을 갖고 이 자리에 나왔을 터였다.

그 욕심 때문에 아까 박순길이 질문을 던졌을 때 깊이 고민하지 않고 일단 경기를 뒤집을 수 있다고 대답했던 것이었다.

"내가 그 방법을 알 것 같은데. 한번 들어볼 텐가?"

"네? 네. 경청하겠습니다."

"내가 생각한 방법은 검증이 끝나지 않은 선수들을 라인업에서 배제하는 걸세. 대신 이미 검증이 끝난 선수들을 더 중용할 거야. 어려운가? 좀 더 쉽게 설명하자면, 요즘 부진에 빠진 김태식과 용덕수를 라인업에서 배제하고, 2군에서 썩고 있는 아까운 선수들을 불러올릴 거야. 또 지명타자와 대타자로 경기에 나서고 있는 김대희와 강만호에게 더 많은 기회를 줄 생각이야. 내 생각이 어떤가?"

"그것이⋯⋯."

"어려워하지 말고 말해보게."

"김태식과 용덕수가 최근 일시적으로 부진에 빠져 있긴 하지만, 심원 패롯스가 후반기에 괜찮은 팀이 된 것은 두 선수의 역할이 적지 않았다고 생각합니다. 조금 더 기회를 주는 편이 옳다고 생각합니다."

"정말 그렇게 생각하나?"

"네?"

"자네는… 내가 기대했던 것과 좀 다르군."

박순길이 탐탁잖은 기색을 드러내며 입을 뗐다. 다시 눈치를 살피고 있는 장원우를 힐끗 살핀 후, 박순길이 말했다.

"내가 생각하는 좋은 감독의 기준은 융통성이네."

"융통성… 이라고 하셨습니까?"

"그래. 아집에 빠지지 않고 여러 의견에 귀를 기울일 줄 알아야 좋은 감독이 될 수 있다고 생각하거든."

말뜻을 파악하기 위해 열심히 궁리하던 장원우가 퍼뜩 고개를 숙이며 사과했다.

"제 생각이 짧았습니다."

"응?"

"아까 단장님이 말씀하신 계획, 아주 훌륭하다고 생각합니다."

"진심인가?"

"물론 진심입니다."

서둘러 대답하는 장원우를 확인한 박순길의 입가로 희미한 웃음이 떠올랐다.

"기왕 말이 나온 김에 조금 더 하지. 현재 심원 패롯스를 이끌고 있는 이철승 감독의 가장 큰 문제점이 뭔지 아나?"

"선수 기용 방식의 문제가… 아닐까요?"

"그것도 문제이긴 하지만 가장 큰 문제는 아집이야. 고집이 너무 세서 주변 사람들, 특히 함께 팀을 위해 일하는 사람들의 이야기를 듣지 않거든. 시즌 중에 단행했던 트레이드가 단적인 예지."

"……"

"아깐 내가 잘못 판단한 것 같아. 자넨 이철승 감독과는 스타일이 많이 다른 것 같군."

"네? 네."

"프로야구 감독은 유연할 필요가 있어. 자네처럼 말이지."

씩 웃은 박순길이 다시 질문을 던졌다.

"지금 어느 팀을 맡고 있다고 했지?"

"부일고등학교의 감독직을 맡고 있습니다."

"고등학교 야구부 감독이라. 자네처럼 괜찮은 감독이 고작 고등학생들이나 가르치고 있다니 아깝군."

"좋게 봐주셔서 감사합니다."

황송하다는 표정을 짓고 있는 장원우의 앞으로 박순길이 오른손을 내밀었다. 엉겁결에 그 손을 맞잡는 장원우에게 박순길이 말했다.

"만나서 반가웠네."

"저도 반가웠습니다."

"왠지 곧 다시 만나게 될 것 같은 느낌이 드는군."

"다시 만나뵙게 될 기회가 빨리 찾아오기를 고대하겠습니다."

두 눈에 욕심을 감추지 않고 드러내는 장원우를 확인한 박순길이 한마디를 덧붙였다.

"난 자네가 마음에 들어."

16. 욕심

"역시 우리 송 기자는 달라!"

송나영이 사무실로 출근하자마자 유인수가 갑자기 칭찬을 건넸다.

'갑자기 왜 이러시는 거지?'

아무리 생각해 봐도 근래 들어 유인수에게서 칭찬을 받을 만한 일을 한 기억이 떠오르지 않았다. 그래서 송나영이 의아한 시선을 던질 때, 유인수가 덧붙였다.

"촉이 좋단 뜻이야."

"무슨 촉이요?"

"이거 말이야."

유인수가 내민 것은 송나영이 일전에 작성한 기사였다.

<화려한 연승이 끝나자 드러난 이면의 그림자. 심원 패롯스의 어두운 미래>

"이게 왜요?"

"아주 정확히 예측했잖아? 요새 심원 패롯스도, 또 김태식도 영 아니거든."

유인수가 덧붙인 설명을 듣고서야 송나영이 표정을 굳혔다.

순수한 칭찬이 아니었다.

아까 유인수가 꺼냈던 칭찬의 말에는 비아냥이 숨어 있었다.

바로 받아치면서 반박하고 싶었지만, 송나영은 결국 입을 떼지 못했다.

딱히 틀린 부분이 없었기 때문이다.

"내가 예전에 뭐라고 했어? 김태식이가 괜히 저니맨이 된 게 아니라고 그랬잖아? 그리고 반짝 활약한 후에 곧 잠수 탈 거라 그랬잖아? 너, 요새 김태식이 성적이 어떤지 알기는 해?"

"저도 알고 있습니다."

"진짜 알아? 지난 열 경기 김태식의 타율이 2할도 안 된다는 것도 알아?"

"네."

"그런데? 그런데도 이렇게 계속 손 놓고 있을 거야?"

"……?"

"일전에 네가 했던 말, 기억 안 나?"

"어떤… 말이요?"

송나영이 되묻자, 유인수가 답답한 표정을 지으며 소리쳤다.

"절대 잠수 안 탈 겁니다. 제가 김태식 선수 잠수 타지 못하도록 도시락 싸 들고 쫓아다닐 테니까요."

"……?"

"네 입으로 이렇게 말했었잖아? 이제 기억나?"

기억이 났다. 그래서 송나영이 순순히 고개를 끄덕인 순간, 유인수가 다시 버럭 소리를 질렀다.

"네가 한 말이니까 네가 책임져. 알겠어?"

"알겠습니다."

"뭐 하고 있어?"

"네?"

"빨리 김태식이 찾아가야지!"

유인수의 재촉을 듣던 송나영이 한숨을 내쉬며 대답했다.

"조금만 있다가요."

"왜?"

"아직 도시락을 못 쌌거든요."

송나영이 대꾸하자, 유인수는 기가 차다는 표정을 감추지 않았다. 그러나 송나영은 무시한 채 책상 앞에 털썩 주저앉았다.

바로 김태식을 찾아가지 않고 도시락을 못 쌌다는 어설픈 핑계를 대면서까지 버티는 이유는 근래 들어 갑작스레 슬럼프에 빠진 김태식을 찾아가서 대체 어떤 말을 건네야 할지 아직 갈피를 잡지 못했기 때문이다.

'대체 왜 부진에 빠졌을까?'

송나영이 컴퓨터를 켰다. 그리고 질문에 대한 답을 찾기 위해서 김태식의 경기 영상을 돌려보기 시작했다.

그렇게 얼마나 시간이 흘렀을까?

허리가 아파서 기지개를 쫙 펴던 송나영은 등 뒤에서 느껴지는 인기척을 느끼고 흠칫 놀랐다.

서둘러 고개를 돌린 송나영이 고개를 빼꼼 들이밀고 컴퓨터 화면을 노려보고 있는 유인수를 발견했다.

"뭐… 하세요?"

"분석!"

"네?"

"내가 누구냐?"

"그야… 조울증 환자 캡이죠."

송나영이 무심코 마음속으로 품고 있던 말을 꺼내자, 유인수가 인상을 와락 구겼다.

"조울증 환자는 아니고, 그냥 캡이라니까. 그리고 서당 개 삼년이면 풍월을 읊는다는 말, 들어봤지?"

"들어보긴 했는데……."

송나영이 말끝을 흐리며 의아한 시선을 던졌다. 유인수가 갑자기 왜 이런 이야기를 꺼내는지 영문을 알 수 없었기 때문이다.

"너 같은 애송이가 영상을 뚫어져라 본다고 김태식의 문제점을 알아낼 수 있을 리 없지. 그렇지만 난 다르다. 너도 알다시피 이 바닥에서 버틴 시간이 벌써 이십 년도 넘었거든. 그 시간 동안 내가 얼마나 많은 선수들이 떴다가 사라지는 것을 봐왔겠냐? 어지간한 코치 못지않을걸."

아주 틀린 말은 아니었다.

조울증 환자가 아닐까 하는 의심이 들 정도로 성격이 이상하긴 했지만, 유인수는 이 바닥에서 오랫동안 버텼다.

그사이 경험이 차곡차곡 쌓인 것은 부인할 수 없는 사실.

진짜 코치들보다 선수들을 보는 눈이 더 정확할 때도 있었다.

"그 선수 잘 지켜봐라. 내가 장담하지만 분명히 크게 될 재목이다."

"내일부터 밀착 취재해라. 쟤는 머잖아 분명히 사고 칠 테니까. 야구를 잘해서 사고를 치는 게 아니라, 야구 외적으로 사고를 칠 거야. 무슨 사고냐고? 내가 점쟁이야? 그것까지 내가 어떻게 알아? 그냥 시키면 시키는 대로 해."

"야! 걔는 얼마 못 가. 잠간 반짝하다 금세 사라질 거야. 어떻게 알긴? 못 믿겠으면 내기라도 할래?"

회식 자리에서 어떤 선수가 화제에 오를 때마다 유인수가 했던 단언들이었다.

백발백중(百發百中).

놀랍게도 유인수가 했던 말들은 대부분 적중했다.

그 사실을 떠올린 송나영이 새삼스러운 시선을 던질 때, 컴퓨터 모니터를 노려보던 유인수가 다시 입을 뗐다.

"알았다."

"뭘요?"

"김태식이 갑자기 슬럼프에 빠진 이유 말이야."

진짜 알아낸 걸까?

확신에 찬 표정을 짓고 있는 유인수에게 의심 섞인 시선을 던지던 송나영이 참지 못하고 물었다.

"그 이유가 대체 뭔데요?"

유인수가 대답했다.

"욕심!"

3승 7패.

최근 열 경기에서 심원 패롯스가 거둔 성적이었다.

후반기에 접어든 후 연승과 연패를 반복하고 있던 심원 패롯스는 다시 연패의 늪에 빠졌다. 그 열 경기 동안 태식은 채 2할에도 미치지 못하는 타율을 기록하고 있었다.

"내… 탓이야!"

심원 패롯스가 다시 연패의 늪에 빠진 것이 자신의 부진 탓이라는 생각이 들어서 태식이 자책했다.

슬럼프를 극복한 김대희와 강만호의 극적인 부활, 거기에 재활을 성공적으로 마친 헨리 소사의 복귀까지.

모든 것이 좋다는 느낌을 받았을 정도로 심원 패롯스 팀의 입장에서는 호재가 잇따라 찾아온 셈이었다.

그에 힘입어 심원 패롯스가 반등에 성공해 가을 야구에 진출할 수 있다고 확신했었는데.

의외의 변수가 생겼다.

바로 태식과 용덕수의 갑작스러운 부진이었다.

둘 중 한 명만 부진하다면 표가 덜 났을 터인데.

태식과 용덕수가 함께 부진하자, 확 표가 나기 시작했다.

대타 요원으로 나서는 강만호의 활약과 재활을 마치고 복귀한 헨리 소사의 활약을 상쇄시키고도 남을 정도였다.

굳이 득실을 따지자면… 마이너스였다.

"문제가… 대체 뭘까?"

태식이 한숨을 내쉬었다.

훈수를 둘 때 바둑판의 수들이 가장 잘 보인다는 속설처럼 용덕수가 갑자기 부진한 이유에 대해서는 유추가 가능했다.

심리적인 문제!

용덕수는 아직 어린 선수였다. 그래서 잠재적 포지션 라이벌이라 할 수 있는 강만호가 대타자로 경기에 나서면서 맹활약하기 시작하자, 심리적으로 위축이 됐다.

'곧 주전 포수 자리를 빼앗기게 될 지도 모른다.'

아마 용덕수의 머릿속에는 이런 생각이 자리를 잡았을 것이었다. 그래서 경기에 나섰을 때 자신도 인지하지 못하는 사이 서두르기 시작했다.

타석에서 더 많은 안타를 때려야 한다.

더 좋은 수비를 해야 한다.

팀을 위해서 더 많은 기여를 해야 한다.

이런 심리적인 압박에 시달리면서 자꾸 서두르다 보니, 오히려 경기 내에서 더 안 좋은 모습이 자꾸 나오는 것이었다.

"스스로 극복해 내야 해!"

아까도 말했듯이 용덕수가 안고 있는 문제는 체력이나 기술적인 측면이 아니라, 심리적인 측면이 컸다.

심리적인 문제는 스스로 극복해야 했다. 물론 곁에서 조언을 해주는 것이 도움이 되긴 하겠지만, 분명히 한계가 존재했다.

"덕수보다⋯ 내가 더 큰 문제야!"

후우.

태식의 한숨이 깊어졌다.

용덕수의 경우는 문제가 무엇인지 명확히 보였다. 그런 만큼 문제를 해결할 수 있는 방법도 드러나 있었다.

그렇지만 태식의 경우는 달랐다.

일단 대체 무엇이 문제인지 파악하는 것부터가 쉽지 않았다.

"내 생각엔 체력적으로 문제가 생긴 것이 아닌가 싶은데. 이참에 좀 쉬는 것도 나쁘지 않을 것 같아. 자네 생각은 어때?"

면담 자리에서 이철승 감독이 우려 섞인 시선을 던지며 꺼냈던 제안이었다.

태식의 나이는 서른일곱.

그동안 계속 경기에 선발로 출전한 만큼, 체력적으로 문제가 생겼을 거라고 이철승 감독이 추측하는 것은 어쩌면 당연했다.

그렇지만 이철승 감독의 추측은 틀렸다.

태식에게 일어난 기적에 대해 알지 못하기 때문에 틀린 추측을 했던 것이었다.

"체력에는 문제가 없어!"

기적이 벌어지면서 태식의 신체 나이는 가장 좋았던 시절인 스무 살 무렵으로 돌아가 있었다.

풀타임으로 뛴 것이 아니라 시즌 중반부터 경기에 나섰고, 체력 훈련도 소홀히 하지 않았다. 그러니 체력적인 문제는 아니었다.

"그럼 뭐가 문제일까?"

다시 시력이 좋아지고, 그 후로 눈 훈련을 꾸준히 한 덕분에 타석에 섰을 때 투수가 던지는 공이 확실히 보이기 시작했다.

속된 말로 타석에서 공이 수박처럼 크게 보인달까.

보통 이런 경우라면 타격 페이스가 상승하는 것이 일반적이었다. 그렇지만 태식의 경우는 정반대였다.

타석에서 공이 크게 보임에도 불구하고, 태식의 타격 페이스는 곤두박질쳤다.

후우.

그 이유가 무엇일까에 대해 고심하던 태식이 답답한 한숨을 토해냈다.

"중이 제 머리 못 깎는다는 옛말이 맞네."

태식이 쓰디 쓴 웃음을 머금었다.

김대희, 그리고 강만호.

태식은 긴 슬럼프에 빠졌던 두 선수의 문제점을 정확하게 파악해서 그들이 슬럼프에서 빠져나올 수 있도록 결정적인 충고를 건넸다. 그런데 정작 본인이 슬럼프에 빠지자, 문제점을 파악하기 힘들었다.

훈수를 둘 때와 장기판 앞에 앉았을 때의 차이랄까.

"누가 좀 알려줬으면 좋겠군!"

이런 생각이 들 정도로 답답한 상황이었다. 그러나 태식은 이내 고개를 흔들었다.

김대희와 강만호, 이 두 선수와 태식은 달랐다.

우선 태식은 아무도 알지 못하는 비밀을 갖고 있었다. 어느 누구도 태식의 현재 몸 상태에 대해 정확히 알지 못하는 만큼, 정확한 진단을 하기 어려웠다.

이철승 감독이 체력에 문제가 생긴 것이 아니냐고 우려 섞인 시선을 던진 것이 그 증거였다.

또 하나 다른 점은 팀 내 입지였다.

김대희와 용덕수는 심원 패롯스의 프랜차이즈 스타들이었다. 그동안 심원 패롯스를 위해 헌신적인 활약을 해왔기에, 슬럼프로 인해 부진이 길어져도 코칭스태프와 팬들이 참고 기다려주었다. 그러나 태식의 상황은 달랐다.

시즌 도중에 트레이드 되어 심원 패롯스에 합류한 후, 태식이 펼친 활약을 뛰어났다. 그러나 기간이 너무 짧았다.

이 활약으로 코칭스태프들과 팬들의 마음을 완전히 사로잡기에는 역부족이었다.

다시 말해 태식의 부진이 좀 더 길어지면, 코칭스태프들과 팬들의 마음은 금세 돌아설 것이었다.

'부진이 더 길어져서는 안 돼!'

초조하고 답답한 기색을 감추지 못하던 태식이 한참 만에 떠올린 것은 타격 메커니즘이었다.

"결국 타격 메커니즘에 문제가 생겼어!"

다른 것으로는 갑작스레 슬럼프를 겪고 있는 지금의 상황을 설명하기 어려웠다.

타석에서 상대 배터리와 수 싸움을 펼치며 타격에 임했던 '게스 히팅' 방식에서 눈으로 투수의 손을 떠난 공을 보고 타격하는 방식으로.

태식의 타격 방식이 바뀌었다. 그리고 곰곰이 돌이켜 보니, 태식이 슬럼프에 빠지기 시작한 것은 그 무렵부터였다.

"늘 좋을 수는 없으니까."

이미 프로야구 선수로서 많은 경험이 쌓인 태식이었다. 그런 만큼 항상 타격 페이스가 좋을 수 없다는 것쯤은 잘 알고 있었다.

그러나 태식이 지금 겪고 있는 슬럼프 상황을 편히 넘길 수 없는 이유는 심원 패롯스가 처한 상황 때문이었다.

가을 야구 진출을 노리고 있는 심원 패롯스에게 있어 지금이 가장 중요한 시점이었다. 그런데 자신과 용덕수가 동반 슬럼프에 빠지면서 심원 패롯스는 승수를 쌓는 대신 패하는 횟수가 늘어나고 있었다.

슬럼프가 더 길어져서는 곤란했다. 해서 태식이 초조한 기색을 감추지 못하고 있을 때, 휴대전화가 진동했다.

지이잉. 지이잉.

액정에 떠올라 있는 발신자가 송나영임을 확인한 태식이 잠시 망설이다가 결국 휴대전화를 들어 올렸다.

17. 야구를 쉽게 보지 마라

'받지 말까?'

아까 송나영에게서 전화가 걸려온 것을 확인한 순간, 태식은 바로 전화를 받는 대신 잠시 망설였었다.

이유는 두 가지.

우선 마음이 조급했다.

타격 슬럼프에 빠진 이유에 대해 고민해서 어떤 해답을 찾아내는 것이 급선무인 상황인데, 송나영을 만나서 시간을 빼앗기는 것이 내키지 않았기 때문이다.

두 번째 이유는 성적이었다.

송나영의 직업은 기자.

성적이 좋을 때는 아무런 상관이 없었는데, 갑자기 슬럼프에 빠지고 나자 기자인 송나영을 만나는 것이 부담스러운 것이 사실이었다.

그렇지만 결국 태식은 송나영과 만나기로 약속을 잡았다.

혼자 숙소에 틀어박혀서 끙끙 앓으며 고민한다고 해서 자신의 문제에 대한 해답을 찾아내기 어려울 것이라는 판단이 섰기 때문이다.

차라리 이런 핑계로 바람이라도 쐬는 편이 낫겠다는 생각으로 나선 태식이 커피 전문점에서 송나영과 마주했다.

"조금 늦었습니다."

미리 도착해서 기다리고 있던 송나영에게 사과하며 태식이 맞은편에 앉았다.

"그런데 무슨 일 때문에 찾아오셨나요? 요즘에는 송 기자님에게 딱히 드릴 만한 정보가 없는데."

종업원에게 오렌지 주스를 주문한 태식이 질문을 꺼내자마자, 송나영은 서운한 기색을 드러냈다.

"우리 관계를 고작 그 정도로만 생각하고 계셨던 거로군요. 참 많이 섭섭하네요."

"갑자기 왜……?"

"제가 했던 말 기억 안 나세요?"

"어떤 말이요?"

"우린 같은 배를 탄 운명 공동체나 다름없다고 말이요."

송나영이 표정을 굳힌 채 쏘아붙인 말을 듣고서야 태식은 그녀가 서운한 기색을 내비친 이유를 알아챘다.

"기억… 합니다. 제 생각이 짧았던 것 같네요."

태식이 사과하고 나서야, 송나영의 굳어졌던 표정이 조금 풀렸다. 그런 그녀가 다시 질문을 던졌다.

"그럼 그때 제가 했던 다른 말도 기억하세요?"

"어떤 것을 말씀하시는 거죠?"

"절대 잠수 타지 말라고요. 만약 김태식 선수가 잠수를 타면 제가 영화 미저리처럼 쫓아다닐 거라고 그랬잖아요."

당시에 송나영이 했던 협박 아닌 협박을 떠올리는 데 성공한 태식이 쓴웃음을 머금었다.

"그래서 찾아오신 건가요? 제가 잠수라도 탈까 봐서요?"

"맞아요."

"걱정하실 것 없습니다. 절대 잠수 탈 생각 없으니까요."

"그럼 예방 차원이라고 하죠."

비장한 표정으로 한 치도 물러서지 않는 송나영을 확인한 태식이 여전히 쓴웃음을 머금은 채로 입을 뗐다.

"결국… 제가 야구를 못해서 송 기자님이 여기까지 걸음을 하게 만들었군요."

"도저히 가만히 손 놓고 있을 수가 없더라고요. 물론 잠수 타지 못하도록 감시하는 목적으로만 찾아온 것은 아니랍니다."

"그럼 또 무슨 이유로?"

"알려 드릴 것이 있어요."

"뭡니까?"

"이유."

"……?"

"김태식 선수가 최근에 부진한 이유를 제가 알아냈거든요."

송나영이 확신에 찬 표정으로 꺼낸 말을 들은 태식이 마시기 위해서 들어 올렸던 물컵을 다시 내려놓았다.

그동안 계속 고민해 봤지만, 태식은 최근 부진에 빠진 이유를 찾아내지 못했다. 그런데 송나영은 그 이유를 알아냈다고 단언했다.

"그 이유가 뭐죠?"

태식이 참지 못하고 질문한 순간, 송나영이 대답했다.

"야구를 너무 잘하려고 해서 슬럼프에 빠진 거예요."

'야구를 너무 잘하려고 해서 슬럼프에 빠졌다?'

알 듯 말 듯한 이야기.

그래서 태식은 송나영이 좀 더 자세하고 친절하게 설명해 주길 바랐다. 그렇지만 그 부탁을 꺼냈을 때, 송나영은 미안한 기색으로 솔직하게 털어놓았다.

"그게 엄밀히 말하면 제가 알아낸 게 아닙니다. 그러니까 누가 알아낸 거냐면 제 직장 상사인데요. 이분이 조울증이 있어서 성격이 지랄 맞긴 한데, 그래도 실력과 경험은 대단해서 무시할 수가 없답니다."

*   *   *

송나영이 당시에 털어놓았던 이야기를 요약하면 다음과 같았다.

우선 태식이 최근 슬럼프에 빠진 이유를 찾아낸 것은 송나영 본인이 아니라, 조울증에 걸리긴 했지만 선수 보는 눈 하나만큼은 진짜배기인 직장 상사 유인수가 영상을 보면서 분석한 끝에 찾아냈다. 그리고 유인수가 당시에 했던 말은 이것이 전부다.

즉, 송나영은 태식에게 더 조언해 줄 수 있는 부분이 없었다.

'욕심이 과하다?'

태식이 송나영이 전해주었던 이야기를 곱씹고 있을 때였다.

짝!

갑자기 귀에 들려온 박수 소리를 듣고서야 태식이 상념에서 깨어났다.

깜짝 놀란 태식이 고개를 돌리자, 방금 박수를 친 지수가 고개를 절레절레 내젓고 있는 모습이 보였다.

"무슨 생각을 그렇게 하시는 거세요?"

"응?"

"제가 불렀는데 전혀 못 들었죠?"

"날 불렀어?"

"음, 그것도 다섯 번쯤이요."

너무 깊이 생각에 빠진 터라 조수석에 앉아 있던 지수가 자신을 불렀다는 사실을 전혀 알아채지 못했다.

'미안하네!'

서로의 스케줄이 맞지 않은 터라, 지수와 만난 것은 무척 오래간만이었다.

그렇게 오래간만에 만났는데, 지수에게 집중하기는커녕 아예 딴 데 정신이 팔려서 자신을 부르는 것도 알아채지 못했다.

그것도 무려 다섯 차례나.

그러니 어찌 미안하지 않을까?

해서 태식이 지수에게 막 사과하려고 했을 때였다.

"야구를 너무 쉽게 생각하고 있다."

태식이 도중에 입을 닫고 지수에게 의아한 시선을 던졌다.

그녀가 이런 이야기를 불쑥 꺼낼 것이라고는 전혀 예상치 못했기 때문이다.

"지수야. 갑자기 무슨 소리야?"

"많이 놀랐어요?"

"그게⋯⋯."

"실은 제가 한 말이 아니에요."

"그럼?"

"아버님이 태식 씨에게 꼭 전해달라고 부탁하신 말씀이세요."

"아버지⋯ 께서 하신 말씀이라고?"

태식이 놀란 표정을 감추지 못하고 지수를 응시했다. 잠시 뒤 정신을 수습한 태식이 그녀에게 물었다.

"아버지를 만났어?"

"네. 만났어요."

"언제 만났어?"

"한 사흘쯤 전에요."

"혼자서?"

"네."

"아버지께서 먼저 연락하셨어?"

아버지는 넉살이 좋은 편이었다. 그런 아버지라면 먼저 지수에게 연락을 취했을 수도 있었겠다는 생각이 퍼뜩 들어서 태식이 묻자, 지수는 고개를 흔들었다.

"아니에요."

"그런데?"

"제가 먼저 찾아갔어요."

"왜?"

"그냥 찾아뵙고 싶어서요."

"……?"

"아버님, 재미있는 분이시잖아요."

지수가 생긋 웃으며 대답했다. 그런 그녀에게 태식이 새삼스러운 시선을 던졌다.

태식이 판단하기에 아버지는 그리 재미있는 분이 아니었다. 가끔씩 농을 던지기는 했지만, 그다지 재미있는 농도 아니었고.

물론 지수의 유머 코드가 아버지의 유머 코드와 찰떡궁합일 가능성도 완전히 배제하긴 어려웠다. 그러나 두 사람의 나이 차를 생각하면 그럴 가능성은 무척 낮았다.

즉, 지수가 방금 꺼낸 이유는 거짓일 가능성이 높았다.

'아버지의 정이 그리워서인가?'

불의의 교통사고로 일찍 아버지를 여읜 지수는 아버지의 정에 굶주려 있었다. 그래서 아버지를 먼저 찾아뵌 것인지도 모르겠다는 생각이 들었다.

"어쨌든… 고맙다."

지수에게 안쓰러운 시선을 던지던 태식이 감사의 마음을 전했다.

자주 찾아봬야 한다고 생각하면서도, 그게 생각처럼 쉽지 않았다.

한창 시즌이 진행되고 있는 중이라 바쁘다는 핑계를 대긴 했지만, 태식이 아버지를 뵙기 위해서 병원으로 찾아가지 않았던 이유는 따로 있었다.

최근 들어 극심한 슬럼프에 빠지면서, 다른 곳에 신경을 쓸 정도로 마음의 여유가 없었기 때문이다.

또, 아버지를 찾아뵐 면목도 없었고.

그런 자신을 대신해서 지수가 아버지를 찾아가 주었다는 사실이 고마웠다. 그래서 감사 인사를 건넸던 태식이 이내 고개를 갸웃했다.

"그런데… 아버지께서 왜 지수 네게 그 말을 전하라고 하신 거지?"

"거기엔 이유가 있어요."

"어떤 이유?"

"아버님께서 그 이유가 두 가지라고 하셨어요."

"하나도 아니고 둘씩이나?"

"네, 우선 태식 씨가 당신을 만나기 위해서 병원으로 찾아오질 않기 때문이라고 하셨어요. 그래서 하고 싶은 말씀을 전할 수 있는 기회가 없다고 하셨죠. 그리고 또 하나의 이유는 연봉 지급이 안 되기 때문이라고 하시던데요."

"연봉 지급?"

"아들이 약속했던 코치 연봉을 지급하지 않는다. 그런데 무보수로 일을 할 수는 없는 노릇이 아니냐?"

"……?"

"이렇게 말씀하셨어요."

태식이 쓴웃음을 머금었다.

어느 정도 기력을 되찾으신 아버지는 인생 코치 역할을 자청했다. 그리고 태식은 그런 아버지에게 코치 연봉을 지급하겠다고 약속했었다.

물론 진짜 연봉을 지급할 생각은 없었다. 앞으로 자주 찾아뵙고 용돈을 두둑하게 드릴 생각을 갖고 있었는데.

태식이 바쁘다는 핑계로 자주 찾아가지도 않고, 용돈도 드리지 않자, 아버지는 돌려서 불만을 토로한 것이었다.

'연봉 미지급 때문이 아냐!'

태식이 고소를 머금었다.

모르긴 몰라도 아버지가 진짜로 원하는 것은 용돈이 아닐 것이었다.

어차피 병상에 누워 계신 터라 태식이 용돈을 두둑하게 드린다고 해도 쓸 곳도 마땅치 않은 형편이었다.

그런 아버지가 진짜 원하는 것은 따로 있었다.

바로 태식이 좀 더 자주 당신을 만나기 위해서 병원으로 찾아오는 것이리라.

"내가… 잘못했네."

해서 고소를 머금고 있던 태식이 표정을 굳혔다.

아까 아버지가 지수에게 전하라고 하셨던 충고가 귓가에 되살아났기 때문이다.

'야구를 너무 쉽게 생각하고 있다고?'

어떤 의미일까?

무심코 한 귀로 듣고 한 귀로 흘릴 수 없었다. 아버지가 아무런 이유도 없이 이런 말을 했을 리가 없었기 때문이다.

해서 태식이 두 눈을 가늘게 좁혔을 때, 지수가 다시 입을 뗐다.

"아직 끝이 아닙니다."

"또 있어?"

"마지막으로 이 말씀도 전해달라고 하셨어요."

"뭐라고 하셨어?"

"니 애비를, 그리고 애비가 하는 말을 절대 무시하지 마라. 야구하는 자식 뒷바라지를 하다 보니 이제는 반전문가나 다름없다. 그러니 한 귀로 듣고 한 귀로 흘릴 생각하지 말고 곰

곰이 생각해 봐라. 그리고 내 충고가 도움이 됐으면 미리 약속했던 대로 코치 연봉을 지급해라. 만약 계속 코치 연봉을 지급하지 않으면 법적으로 대응할 수밖에 없다. 태식 씨에게 이렇게 전해달라고 하셨어요."

역시 아버지답다는 생각이 들었다. 그래서 태식이 절레절레 고개를 내젓기 시작한 순간, 지수가 웃으며 덧붙였다.

"아버님, 참 재미있으시죠?"

아버지가 한 말.

아주 틀린 말은 아니었다.

태식이 야구를 시작한 것은 초등학생 때부터였다.

그때부터 지금까지.

아버지는 약 30년 가까이 태식의 뒷바라지를 한 셈이었다. 그리고 그사이에 아버지는 어지간한 야구 전문가 뺨치는 지식과 경험을 쌓았다.

태식에게 건넨 충고도 그 경험에서 우러나온 것일 터.

태식이 신중하게 아버지의 충고를 곱씹기 시작했다.

'내가 야구를… 너무 쉽게 생각하고 있다고?'

짝사랑!

태식에게 야구는 짝사랑 상대와 같았다. 부단히 열심히 노력한 덕분에 조금 다가가는 데 성공했다 싶으면, 야구라는 짝사랑 상대는 어느새 태식이 다가간 거리보다 더 멀리 도망가 있었다.

또, 여지껏 단 한 번도 태식에게 마음을 오롯이 열어주지 않았다.

오죽했으면 짝사랑 상대였던 야구를 포기할 생각까지 했을까?

그런 만큼 태식은 단 한 번도 야구를 쉽게 생각한 적이 없었다. 오히려 무척 어렵게 생각했었다.

그렇지만.

지금은 조금 상황이 바뀌었다.

좀 더 정확히 이야기하면 태식에게 기적이 일어난 후로는 야구에 대한 생각이 많이 바뀌어 있었다.

'내 뜻대로 된다!'

기적이 일어나기 전에는 그렇게 어려웠던 야구였는데.

그래서 뜻대로 되는 것이 거의 없었는데.

기적이 일어난 후인 지금은 이전과 상황이 아주 많이 달라졌다.

2군 무대에서 1군 무대로의 복귀, 트레이드 성사, 그리고 심원 패롯스의 주축 선수로 자리를 잡기까지.

순풍에 돛을 단 느낌이랄까.

모든 과정이 태식이 원하던 대로 순조롭게 진행이 됐다.

더 이상 짝사랑을 하는 것이 아니라, 서로 마음을 열고 사랑을 키워 나가는 연인 관계로 발전한 느낌이었다.

'그래서 은연중에 야구를 쉽게 생각하는 마음을 가졌던 것이 아닐까?'

거기까지 생각이 미친 태식이 표정을 굳혔다.

"과유불급이란 말 아시죠? 우리 캡 말로는 야구를 너무 잘 하려고 해서 오히려 슬럼프에 빠진 거래요."

마치 기다렸다는 듯이 낮에 만났던 송나영이 건넸던 충고가 되살아났다.

송나영의 직장 상사라고 했던 유인수의 진단!

정확히 무엇을 지적하는지 알아채기 힘들었다. 그래서 쉽게 풀리지 않는 숙제로 남겨두고 있었는데.

아버지가 건넨 충고까지 듣고 나니, 마침내 그 진단 속에 숨어 있던 의미가 파악되기 시작했다.

"어쩌면… 그게 아니었을까?"

태식이 두 눈을 빛냈다.

18. 과유불급

'욕심이 생겼어!'

타석에서 욕심이 생겼다는 것을 부인할 수 없었다.

그 욕심이 생긴 계기는 삼산 치타스의 2선발이었던 조던 사익스와의 승부였다.

공 끝이 지저분하다고 소문났던 조던 사익스와 승부를 펼치는 과정에서 태식은 고전을 거듭했었다.

앞선 두 차례 타석에서 모두 범타로 물러났고, 찬스에서 들어섰던 세 번째 타석에서도 불리한 볼카운트에 몰렸다.

어떻게든 찬스를 살려야 한다는 생각으로 인해 절박했던

태식이 떠올린 것은 꾸준히 해왔던 눈 훈련이었다. 그리고 조던 사익스와의 승부에서 눈 훈련의 성과를 확인했다.

2타점 적시 2루타.

조던 사익스를 상대로 쓰리런 홈런이 될 뻔했던 큼지막한 타구를 때려낸 후, 태식은 속으로 쾌재를 불렀다.

눈 훈련이 마침내 실전에서 통한다는 것을 확인했기 때문이다.

'불확실성이 근간에 깔려 있는 수 싸움에 의존하는 '게스 히팅'에서 벗어난다면?'

꿈의 타율인 4할은 물론이고 그 이상도 가능하다!

이것이 당시에 태식이 흥분했던 이유였다.

그러나 그 후의 결과는 태식의 예상과 달랐다. 그냥 달랐던 것이 아니라, 백팔십도 달라졌다.

4할 이상의 타율을 기록하는 것이 아니라, 채 2할에도 미치지 못하는 타율.

태식의 타격 성적은 말 그대로 곤두박질쳤다.

'공은 보이는데… 제대로 공략하질 못했지.'

말 그대로였다.

눈 훈련의 성과로 타석에서 투수의 손을 떠난 공이 제대로 보였다. 그런데 타격을 하면 범타로 물러나기 일쑤였다.

타격 메커니즘의 붕괴.

태식이 고심 끝에 찾아낸 문제였다. 그리고 그동안 이 문제를 해결할 방법을 찾는 데 모든 신경을 집중했다.

'어쩌면 거기서부터 잘못됐던 것이 아닐까?'

후우.

태식이 한숨을 내쉬었다.

눈에 훤히 보이는 공을 그냥 흘려보낼 타자는 드물다. 그래서 당연하다는 듯이 타석에서 욕심이 생겼다.

어쩌면 그동안 무척 힘들었던 시간들을 조금이라도 더 빨리 보상받고 싶다는 보상 심리가 작용했기 때문인지도 몰랐다.

하지만 결과는 나빴다.

과유불급(過猶不及).

지나친 것은 미치지 못하는 것과 같다는 뜻을 가진 사자성어가 옳았다.

타석에서 욕심이 과하다 보니 오히려 예전에 '게스 히팅'에 의존할 때보다도 훨씬 못한 결과가 도출됐다.

'야구를 너무 쉽게 봤어!'

기적이 벌어진 후, 모든 것이 뜻대로 됐다. 그래서 부지불식간에 야구를 너무 쉽게 생각하고 있었다.

그전까지 그렇게 어려워했던 야구였는데.

역시 야구는 호락호락하지 않았다.

'결국… 진단이 잘못됐던 거야!'

타격 메커니즘의 붕괴.

태식이 스스로 진단했던 문제점이었다. 그리고 그 문제점을 해결할 방법을 찾기 위해서 몰두했었는데.

유인수, 그리고 아버지의 충고.

이 충고들을 접한 덕분에, 태식은 비로소 깨달을 수 있었다.

진짜 문제는 따로 있었다는 것을.

'이런!'

깊은 상념에서 깨어난 태식이 차 안의 시계부터 확인했다.

어느덧 삼십 분 가까이 시간이 흘러 있었다. 그 시간 동안 혼자서 생각에 잠겨 있었다는 사실을 깨닫고 태식은 크게 당황했다.

"미안, 지수야!"

그래서 태식이 미안한 시선을 던지며 사과했지만, 지수는 화가 난 기색이 아니었다. 오히려 편한 웃음을 지은 채 물었다.

"이제 고민이 좀 해결됐어요?"

"덕분에 고민을 해결할 단초는 찾은 것 같아."

"제 덕분이 아니에요."

"응?"

"아버님의 충고 덕분이죠."

"그래. 듣고 보니 네 말이 맞네."

태식이 순순히 수긍하자, 지수가 생긋 웃으며 덧붙였다.

"저도 아버님 말씀을 듣고 깨달은 게 하나 있어요."

"무슨 소리야?"

"음, 그 질문에 답하기 전에 먼저 하나 물어볼게요. 혹시 제가 출연했던 '연애술사'라는 영화는 보셨어요?"

'연애술사'는 지수가 주연으로 출연했던 영화였다.

거액의 제작비가 투입되지도 않았고, 개봉을 할 당시에 100억 대의 제작비를 투입한 블록버스터급 액션 영화와 맞대결을 펼친 터라 모두가 흥행 참패를 예상했던 영화가 바로 '연애술사'였다.

그러나 막상 뚜껑을 열어보니 결과는 달랐다.

블록버스터급 액션 대작은 볼거리에 비해 허술한 시나리오로 인해 혹평을 받았다. 반면, 지수가 주연으로 출연했던 '연애술사'는 시나리오가 탄탄하고 지수의 연기가 기대 이상이라는 입소문을 타면서 호평을 받았다. 그리고 입소문의 힘은 컸다.

개봉 열흘 차가 되면서 두 영화의 스코어가 역전됐고, 입소문을 탄 '연애술사'는 장기 흥행에 돌입했다.

720만 관객 동원.

호평을 받으며 오랫동안 스크린에 걸렸던 '연애술사'가 남긴 최종 스코어였다. 그리고 이 영화의 흥행 덕분에 지수는 연기자로서 확실히 자리를 잡았다.

'연애술사'가 개봉했을 때, 태식은 영화를 보지 못했다. 그러나 지수와 다시 인연이 닿고 난 후에는 IP TV에서 이 영화를 찾아보았다.

"당연히 봤지. '연애술사'뿐만 아니라 지수가 출연했던 영화는 전부 찾아서 봤어."

"정말요?"

"그럼."

태식이 자신 있게 대답했다.

지수는 태식이 출전하는 경기를 가능한 한 빼놓지 않고 보는 편이었다. 그러니 태식도 지수가 출연했던 영화를 찾아서 보는 것이 최소한의 예의라고 생각해서 모두 찾아보았던 것이었다.

기쁜 표정을 짓고 있던 지수가 웃으며 다시 물었다.

"그럼 혹시 '작전의 여신'이라는 영화도 보셨어요?"

"작전의 여신?"

태식이 고개를 갸웃하며 입을 뗐다.

"그 영화는 못 봤는데."

아무리 기억을 더듬어 봐도 낯선 영화 제목이었다. 그래서 태식이 의아한 시선을 던지자, 지수가 씁쓸한 표정으로 대답했다.

"그럴 거라고 예상했어요."

"혹시 그 영화에도 지수가 출연했어?"

"네."

"하지만 포털 사이트에서 확인했던 필모그래피에는 '작전의 여신'이란 영화 제목이 보이지 않던데?"

"소속사에서 일부러 뺐을 거예요."

"왜?"

"'작전의 여신'은 총 관객 수가 10만도 들지 않았을 정도로 흥행에 참패했거든요. 또, 관객들과 평론가들의 평도 좋지 않았고. 그래서 제게 전혀 득이 안 된다고 생각해서 필모그래피에서 뺐을 거예요."

"그랬… 구나."

태식이 새삼스러운 시선을 던졌다.

길고 힘들었던 연습생 생활을 거친 후, 도레미 퍼블릭으로 데뷔에 성공한 지수가 걸어온 길은 화려했다.

요새 말로 꽃길만 걸었달까.

가수로서도, 또 연기자로서도 지수는 데뷔 이후에 쭉 성공 가도를 달려온 줄 알았다. 그런데 태식이 알지 못했던 아픈 손가락을 갖고 있었다.

"첫 주연 영화, 그리고 두 번째 주연 영화의 성공으로 한창 주가가 올랐을 때, '작전의 여신'이란 시나리오가 제게 들어왔어요. 당시에 매니저와 소속사 대표님은 모두 이 영화를 하지 말라고 말렸어요. 시나리오도 허술한 편이고, 전작에서 흥행 참패를 기록한 감독에 대한 대중들의 평가도 좋지 않다는 것이 이유였죠. 그렇지만 제가 출연하겠다고 고집을 꺾지 않았어요."

"왜 그랬어?"

"저는 그 시나리오가 마음에 들었거든요."

"어떤 부분이 마음에 들었는데?"

"여주인공 원톱으로 진행되는 시나리오의 구성이 꼭 저를 위해 쓰여졌다는 느낌을 받았어요. 실제로 감독님도 저와 첫 미팅을 했을 당시에 이 영화의 시나리오를 쓸 때 저를 주인공으로 염두에 두고 썼다고 말씀하셨고요. 그런데 촬영을 끝내고 개봉을 했을 때, 흥행 성적은 처참했죠."

배우에게 있어 작품은 자식이나 마찬가지였다.

부모에게 아픈 손가락인 자식이 있듯이, 배우에게도 아픈 손가락인 작품이 있게 마련이었다.

그리고 지수에게는 그 아픈 손가락이 바로 '작전의 여신'이란 작품이었다.

"후회해?"

"네?"

"그 작품에 출연했던 것 말이야. 후회하느냐고?"

"음, 솔직히 말하면 예전에는 후회를 했어요. 그 작품이 흥행 참패를 겪고 나서 많이 힘들었거든요. 연기력에 대한 논란도 있었고, 인기에 거품이 꼈다는 비난도 많이 들었어요. 실제로 영화의 흥행 참패 이후로 제게 들어오는 작품의 시나리오들이 많이 줄기도 했었고요. 그렇지만 지금은 후회하지 않아요."

"왜 후회하지 않아?"

"좋은 경험이었으니까요."

"좋은 경험이었다고?"

"네, 당시에는 내가 출연하면 흥행에 성공한다는 자신이 있었어요. 두 차례 주연으로 나선 영화가 흥행에 성공한 것 때문이었죠. 지금 와서 돌이켜 생각해 보면, 그때는 연기를 너무 쉽게 생각했던 것 같아요."

지수가 생긋 웃으며 꺼낸 말을 들은 태식이 표정을 굳혔다.

"한마디로 야구를 너무 쉽게 생각하고 있다."

아버지가 자신에게 건넨 충고와 방금 지수가 꺼낸 말에서

일맥상통하는 지점을 발견했기 때문이다.

'그런… 의미였어!'

잡힐 듯하면서도 끝내 잡히지 않았던 충고에 담긴 의미.

방금 지수가 꺼낸 이야기 덕분에 태식은 간신히 그 의미를 제대로 파악할 수 있었다.

"그때 겪었던 경험 덕분에 연기에 대해서 더 고민할 수 있었어요. 그리고 좀 더 나은 연기자가 될 수 있었던 것 같아요. 물론 아직도 갈 길이 멀었다는 것은 알아요. 여전히 연기는 제게 너무 어렵거든요. 어쩌면 평생 공부해도 연기에 대해서는 다 알지 못할 것 같다는 생각도 들어요."

지수가 희미한 웃음을 머금은 채 덧붙인 말을 들은 순간, 태식도 망설임 없이 고개를 끄덕여 동의했다.

야구와 연기!

분야는 달랐지만, 비슷한 면이 존재했다.

오랫동안 야구를 해왔던 태식임에도 불구하고 야구는 여전히 어려웠다. 그리고 야구가 어려운 것은 태식만이 아니었다.

나이가 칠순에 가까운 야구 해설가도 입버릇처럼 '야구, 어려워요', '야구, 몰라요!'라는 말을 꺼내는 것이 야구가 그만큼 어렵다는 증거였다.

그리고 연기도 어려운 것은 마찬가지였다.

얼마 전에 태식이 우연히 보았던 다큐 프로그램을 떠올렸다.

매주 한 명의 인물의 삶을 조명하는 다큐 프로그램에 하루는 팔순이 넘은 배우가 출연했었다.

젊은 시절부터 한눈 한번 팔지 않고 연기에만 매진했던 노배우의 삶.

그래서 노배우의 이름 앞에는 '연기 달인', 혹은 '연기의 신'이라는 칭송의 말이 당연하다는 듯이 따라붙었다.

하지만 노배우는 다큐 프로그램에서 진행한 인터뷰 중에 여전히 연기가 어렵다고 고백했었다.

"연기? 계속할 수 있으면 좋지. 죽기 전까지 날 찾아주는 곳이 있다면 그것만으로도 아주 감사한 일이거든. 그런데 어려워. 연기의 신? 에이, 그런 소리 하지 마. 내가 죽기 전까지 열심히 연기를 한다고 해도 연기에 대해서는 1/10도 알지 못할 것 같아. 그러니 뭐 달리 방법이 있나? 계속 노력하는 수밖에. 또, 겸손할 수밖에."

백발이 성성한 노배우가 다큐 프로그램에서 연출진들과 인터뷰 말미에 밝혔던 각오였다. 그리고 이 각오는 태식의 기억 속에 깊숙이 남았다.

'욕심이 너무 컸어. 그리고 거만했어!'

노배우의 인터뷰 내용에 태식이 지금 겪고 있는 슬럼프를 극복할 방법이 담겨 있었다. 그 사실을 깨달은 태식이 비로소 홀가분한 표정을 지었다.

19. 참 예쁘네

"이거 받으세요."

지수가 하얀 봉투를 앞으로 내밀고 있는 것을 발견한 태식이 의아한 시선을 던졌다.

"이게 뭐야?"

태식이 선뜻 손을 내밀어 그 봉투를 받지 못하고 지수에게 물었다.

"연봉이요."

"연봉… 이라고?"

"야구만 생각하느라 아들 노릇 못 하는 태식 씨를 대신해서 제가 준비했어요."

"……?"

"아버님께 드리는 연봉이에요."

어서 받으라고 재촉하듯 지수가 봉투를 앞으로 더 내밀었다. 마지못해 그 봉투를 건네받은 태식이 내용물을 꺼냈다.

―남건 디너쇼.

봉투 속에 들어 있는 내용물은 돈이 아니었다.

한때 대한민국을 대표했던 유명한 가수이자, 지금도 중장년층의 사랑을 듬뿍 받고 있는 남건의 디너쇼 티켓 두 장이 들어 있었다.

그것도 두 장 모두 VIP석이었다.

"이걸 왜… 내게 주는 거야?"

아버지는 여전히 병원에서 투병 중인 상황이었다. 그러니 앞으로도 한동안은 병원 밖으로 나갈 수 없었다. 즉, 디너쇼 티켓을 선물로 받았다고 해도 아버지는 디너쇼에 가는 것이 불가능한 상황이었다.

'지수도 모르지는 않을 텐데!'

그래서 태식이 의아한 표정으로 질문을 던지자, 지수가 대답했다.

"아버님 말고 어머님과 함께 다녀오세요."

"나와 어머니가 디너쇼에 다녀오라고."

"네."

"하지만……."

"투병하고 있는 환자가 가장 힘든 것은 맞지만, 그에 못지않게 환자의 간병을 하는 것도 무척 힘든 일이에요. 그래서 그런지 지난번에 찾아뵀을 때, 어머님 얼굴이 상하셨더라고요. 많이 지치고 힘드실 거예요."

태식이 머리를 긁적였다.

아버지가 암 선고를 받고 투병 생활을 시작한 후, 간병은 줄곧 어머니가 도맡고 있었다.

아까 지수의 말처럼 투병을 하는 환자만큼이나 환자의 간병을 하는 사람도 힘든 법이었다. 그렇지만 태식은 어머니가 암투병 중인 아버지를 간병하는 것을 지금껏 당연하다고 여겼다. 그래서 간병을 하고 있는 어머니가 얼마나 힘들지에 대해 미처 헤아리지 못했다.

'너무 무심했어!'

스스로를 자책하던 태식이 지수를 빤히 바라보았다.

나이만 놓고 보자면 지수는 태식에 비해 한참 어렸다. 그렇지만 지수의 마음 씀씀이는 태식보다 더 깊은 구석이 있었다.

'확실히 다르구나!'

어쩌면 남자인 태식과 여자인 지수의 차이일지도 몰랐다.

"지난번에 병실로 찾아갔을 때 슬쩍 여쭤봤는데 어머님께
서는 남건 선배님을 가장 좋아하는 가수라고 말씀하셨어요.
그래서 아주 어렵게 구한 티켓이랍니다. 이번 기회에 맛있는
식사도 하시고, 좋은 무대도 감상하시면서 바람을 좀 쐬시면
그동안 쌓인 어머님의 피로도 많이 풀리실 거예요. 게다가 늘
자랑스러워하시는 멋진 아들과의 데이트니까 더욱 좋아하실
걸요?"

한쪽 눈을 찡긋 하는 지수는 무척 예뻤다.

그저 얼굴만 예쁜 것이 아니었다. 주변의 다른 사람들을 배
려해 주는 마음 씀씀이가 더 예뻤다.

"참 예쁘네."

태식이 부지불식간에 무심코 속마음을 입 밖으로 내뱉고
화들짝 놀랐다. 그리고 놀란 것은 지수도 마찬가지였다.

홍당무처럼 얼굴이 상기된 지수가 잠시 뒤 실소를 터뜨렸
다.

"그걸 이제 알았어요?"

"응?"

"대한민국 남자들 중에 제가 예쁘다는 걸 모르는 사람은
거의 없거든요. 태식 씨만 그동안 모르고 있었죠."

"미안하네."

"네?"

"그동안 못 알아봐서 미안하다고."

"네, 당연히 미안해야 해요."

눈을 흘기며 톡 쏘아붙이는 지수를 응시하며 태식이 다시 입을 뗐다.

"그리고 고맙다. 부모님한테 신경 써줘서."

"에이, 고마울 것까진 없어요. 앞으로 당연히 해야 하는 일이니까."

"당연히 해야 할 일이라고?"

"그… 그러니까 그런 게 있어요."

대충 말을 마친 지수가 황급히 화제를 전환했다.

"앞으로 한동안은 만나지 못할 것 같아요."

"무슨 일 있어?"

"이번에 새로 들어가는 영화 촬영 스케줄 때문에 약 한 달 정도 외국에서 머물러야 할 것 같아요."

"그렇구나."

왜일까.

지수가 해외 로케이션 촬영 때문에 약 한 달간 한국을 떠나 외국에 체류할 것이라는 얘기를 듣는 순간, 가슴 속에 구멍이 뚫린 것처럼 서운한 마음이 들었다.

'어차피 자주 만나지도 못하잖아!'

아까도 말했듯이 두 사람 모두 바쁜 탓에 자주 만나는 것은 어려웠다. 그런데 느낌이 달랐다.

마음만 먹으면 언제든지 만날 수 있는 한국에 있다는 것과, 외국에 나가 있다는 것은 체감상 분명히 차이가 있었다.

"조심해서 잘 다녀와."

"네. 걱정하지 마세요."

"그래도 자꾸 걱정이 되네."

"저 어린애 아니거든요."

"내 눈에는 아직 물가에 내놓은 어린애처럼 보이거든."

잔소리가 너무 심하다고 타박을 들을 줄 알았는데.

"좋아요."

지수의 반응은 태식의 예상과 달랐다.

"갑자기 뭐가 좋다는 거야?"

"꼭 아빠 같아서 좋아요."

살짝 얼굴을 붉힌 채 대답한 지수가 서둘러 화제를 돌렸다.

"못 만나는 동안 태식 씨도 다치지 말아요."

"그래."

"그리고 아까 제가 드린 티켓. 진짜 어렵게 구한 거예요. 그러니까 어머니와 함께 디너쇼에 꼭 가셔야 해요."

"알았다."

"약속하는 거예요?"

"그래. 약속할게."

태식에게서 약속을 받고서야 지수는 안심한 표정을 지었다.

"그럼 들어갈게요."

생긋 웃으며 인사를 한 후 지수가 차에서 내렸다.

가볍게 손을 흔든 후 몸을 돌려서 아파트 안으로 들어가는 지수의 뒷모습을 바라보고 있자니 못내 아쉬운 느낌이 들었다.

앞으로 최소 한 달간 볼 수 없는데 작별 인사가 너무 짧았다는 생각이 들어서 서운하기도 했고.

망설이던 태식이 운전석 문을 열고 내렸다. 막 현관문을 열고 들어가려는 지수를 뒤따라간 태식이 그녀의 어깨를 잡았다.

"왜요? 제가 뭘 놓고 내렸나요?"

"그게 아니라……."

"그럼요?"

"깜박한 게 있어서."

"뭔데요?"

"이거!"

태식이 지수의 뺨에 입을 맞추었다. 두 눈을 동그랗게 뜨고 있는 지수를 확인한 태식이 서둘러 몸을 돌렸다.

"진짜 간다."

다시 차로 돌아온 태식이 급히 시동을 걸고 차를 출발시켰다. 잠시 뒤, 태식이 갓길에 차를 세웠다.

쿵쾅쿵쾅.

거센 심장 소리를 들은 태식이 고개를 절레절레 흔들었다.

"한심하긴!"

서른일곱.

적지 않은 나이였다. 그러니 연애도 여러 번 해보았다. 그런데 고작 입술도 아닌 뺨에 입맞춤을 한 것으로 인해 이리 심장이 뛰고 있는 것이 한심하게 느껴졌다. 그러나 기분은 좋았다.

꼭 고등학교 시절로 돌아온 느낌이랄까.

"신체 나이가 젊어지며 연애 세포도 함께 젊어진 건가?"

실소를 터뜨린 태식이 깜박이를 켜고 다시 차를 출발시켰다.

*   *   *

〈순위표〉

1위. 대승 원더스

2위. 우송 선더스

3위. 중앙 드래곤즈

4위. 여울 데블스

5위. 마경 스왈로우스

6위. 교연 피콕스

7위. 심원 패롯스

8위. 청우 로얄스

9위. 삼산 치타스

10위. 한성 비글스

정규 리그는 어느덧 막바지를 향해 치달아가고 있었다. 팀 당 약 20여 경기를 남겨두고 있는 시점의 순위표였다.

심원 패롯스의 순위는 여전히 7위.

후반기 들어 연승을 달리며 가을 야구 마지노선인 5위에 여러 차례 근접했었지만, 심원 패롯스는 마지막 고비를 넘지 못했다.

좀처럼 7위에서 벗어나지 못하는 상황.

현재 리그 5위를 달리고 있는 마경 스왈로우스와의 경기 차는 4경기.

가을 야구 진출의 마지노선인 5위 진입은 여전히 가시권에 있었지만, 결코 쉬운 상황은 아니었다.

어느덧 리그가 막바지로 접어들며 각 팀 간의 순위 경쟁은 더욱 치열하게 진행되기 시작했다.

심원 패롯스 VS 여울 데블스.

현재 리그 7위와 4위의 대결이었다.

"이대로는 곤란해!"

여울 데블스와의 경기를 앞둔 이철승이 한숨을 내쉬었다.

"야구 참 어렵네."

선발 라인업을 짜기 위해 준비하던 이철승의 고심이 깊어졌다.

심원 패롯스는 시즌 초와 비교하면 강팀이 됐다. 전문가들의 평가도 그러했고, 팀을 이끌고 있는 감독의 입장에서도 분명히 느낄 수 있었다.

심원 패롯스가 강해진 시발점은 비난을 무릅쓰고 강행했던 트레이드.

도박이나 다름없던 승부수는 통했다. 김태식과 용덕수가 새로이 팀에 합류한 후 심원 패롯스는 약점을 보완했다.

포수와 3루수.

공수에서 두 선수가 맹활약하면서 가장 취약했던 두 포지션을 보강하는 데 성공했다.

그뿐이 아니었다.

김대희와 강만호.

부상의 여파로 부진에 빠졌던 두 선수 역시 컨디션이 상승 곡선을 그리며 팀의 마이너스 요소에서 플러스 요소로 바뀌기 시작했다.

김대희는 지명타자, 강만호는 결정적인 순간 대타자로 등장해서 맹활약하고 있었다.

거기에 더해 외국인 타자 헨리 소사의 복귀까지.

화룡점정(畵龍點睛).

헨리 소사가 복귀했을 때, 이철승이 떠올린 단어였다.

심원 패롯스의 타선에 헨리 소사가 가세하면서 이제 최고의 타선이 완성되었다고 판단했는데.

말 그대로 오판이었다.

잠시 막강한 화력을 선보였던 심원 패롯스의 타선은 언제 그랬냐는 듯이 침체에 빠졌다. 그리고 침체의 원인은 김태식과 용덕수였다.

김태식과 용덕수과 타석에서 동시에 부진에 빠진 것은 치명타였다.

"화무십일홍이라 했던가?"

화무십일홍(花無十日紅).

열흘 붉은 꽃은 없다는 뜻이었다.

한번 성한 것은 반드시 쇠하여질 때가 있다는 의미가 담긴 고사성어.

화무십일홍이란 고사가 지금의 팀 상황과 절묘하게 맞아 떨어진다는 생각을 하며 이철승이 입가에 쓴웃음을 머금었다.

김태식과 용덕수의 맹활약이 올 시즌이 끝날 때까지 이어지기를 바랐지만, 그건 과욕이었다. 트레이드로 팀에 새로 합류한 후 두 선수가 보여준 활약만으로도 이미 기대했던 역할을 어느 정도 해준 셈이었다.

그럼에도 이철승이 아쉬움을 느끼는 이유는 시기였다.

올 시즌 성적을 결정지을 시즌의 막바지, 그리고 팀이 어느 정도 완성되었다고 판단한 시점에 김태식과 용덕수가 동시에 부진에 빠졌다.

공교롭다는 생각이 들 정도로 시기가 안 좋았다.

"오버페이스!"

김태식과 용덕수가 부진에 빠진 이유에 대해서 이철승도 나름대로 깊이 고민해 보았다. 그리고 내린 결론이었다.

마지막 기회!

서른일곱의 노장인 김태식과 육성선수 출신으로 1군 출전 경험이 전무하다시피 했던 용덕수.

두 선수 모두에게 이번 트레이드는 특별했다.

아마 마지막 기회라고 판단했으리라.

그래서 두 선수는 존재감을 드러내기 위해 자신이 가진 것이상을 끌어냈고, 오버페이스를 한 것이 최근 부진의 원인이라는 생각이 들었다.

"변화가 필요해!"

김태식과 용덕수가 심원 패롯스에 합류한 후 큰 도움이 됐다는 것은 이철승도 인정하고 있었다. 또, 수많은 비난을 감수하고 트레이드를 통해 두 선수를 영입한 만큼, 김태식과 용덕수에 대한 이철승의 애정은 각별했다.

그런 만큼 스스로 부진에서 빠져나올 수 있도록 좀 더 많은 시간과 기회를 주고 싶었다. 하지만 안타깝게도 그럴 여유가 없었다.

가을 야구 진출을 위해서는 매 경기의 승패가 중요한 시기.

마냥 기다려 줄 수는 없는 노릇이었다.

연패에 빠진 팀 분위기를 반전시키기 위해서 용단을 내린 이철승이 비어 있던 라인업에 이름을 적어 넣었다.

『저니맨 김태식』 6권에 계속…

초대형 24시 만화방

신간 100%, 샤워실, 흡연실, 수면실(침대석), 커플석, 세탁기 완비

■ 광명 광명사거리역점 ■

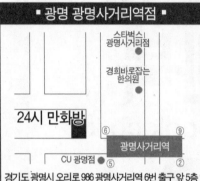

경기도 광명시 오리로 986 광명사거리역 6번 출구 앞 5층
02) 2625-9940 (솔목타워 5층)

■ 강북 노원역점 ■

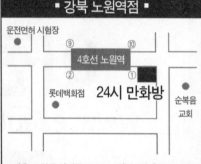

서울 노원구 상계동 340-6 노원역 1번 출구 앞 3층
02) 951-8324 (화용빌딩 3층)

■ 일산 정발산역점 ■

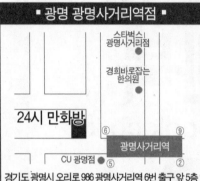

라페스타 E동 건너편 먹자골목 내 객잔건물 5층
031) 914-1957

■ 일산 화정역점 ■

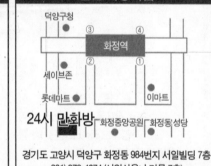

경기도 고양시 덕양구 화정동 984번지 서일빌딩 7층
031) 979-4874 (서일사우나 건물 7층)

■ 부천 역곡역점 ■

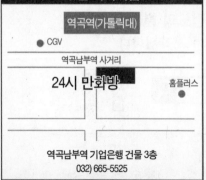

역곡남부역 기업은행 건물 3층
032) 665-5525

■ 부평역점 ■

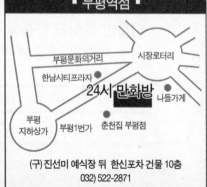

(구) 진선미 예식장 뒤 한신포차 건물 10층
032) 522-2871